ODES
ET ÉPITRES,

PAR

L. M. FONTAN.

DEUXIÈME ÉDITION.

PARIS,

AUG. IMBERT, LIBRAIRE,

QUAI DES AUGUSTINS, N°. 35.

1826.

ODES

ET ÉPITRES.

Cet ouvrage se trouve aussi chez :

LECOINTE ET DUREY, Libraires, quai
des Augustins, n°. 49;

TOURNEUX, Libraire, même quai, n°. 13;

LADVOCAT, Libraire, Palais-Royal;

PONTHIEU, Libraire, galerie de bois, Palais-Royal;

DELAUNAY, Libraire, galerie de bois,
Palais-Royal.

PARIS, IMPRIMERIE DE A. BELIN,
rue des Mathurins S.-J., n°. 14.

ODES

ET ÉPITRES,

PAR

L. M. FONTAN.

DEUXIÈME ÉDITION.

PARIS,

AUGUSTE IMBERT, LIBRAIRE,

QUAI DES AUGUSTINS, N°. 35.

1826.

DE LA LITTÉRATURE

EN FRANCE.

Deux écoles se disputent maintenant le monde littéraire. L'une, appuyée sur les immortels ouvrages des Racine, des Corneille, des Sophocle et des Virgile, combat avec les armes de la raison et du goût. L'autre, sauvage comme les lieux qui l'ont vu naître, féconde, mais désordonnée, pleine d'images, de mouvement, mais grossière encore, s'avance dans la

lice où l'attend déjà sa redoutable rivale.
Selon moi, l'issue du combat n'est pas
douteuse. C'est vainement qu'on essaie-
rait de perpétuer une guerre qui nuit aux
intérêts des arts, et qui, en renfermant
les poètes de notre siècle dans deux
camps opposés, les empêche de réunir
leurs forces et de confondre leurs drapeaux. Je suis convaincu que, s'ils vou-
laient s'entendre, la réconciliation s'o-
pérerait bientôt. Les exigeances de parti
se tairaient; des concessions mutuelles
seraient faites; et d'une littérature con-
fuse, qui n'a aucun caractère décidé, dont
les formes vieillies demandent à être
recouvertes de couleurs fraîches, sorti-
rait une littérature nouvelle, née des be-
soins de notre époque, et parfaitement
en harmonie avec notre éducation.

La marche de la littérature est progressive chez les peuples. La littérature française s'est débattue long-temps entre la corruption servile des cours et l'anarchie des révolutions. Sous nos rois, caressante et souple, elle se pliait aux caprices d'une favorite. Timide, parce qu'elle était esclave; adulatrice, parce qu'elle était à la solde des grands seigneurs qui la faisaient vivre, elle ne prononçait qu'en tremblant le mot de liberté; elle était sans force et sans vie.

Quand la France, lassée du joug monacal et nobiliaire, redemanda ses droits en présence de l'Europe armée, la littérature changea tout à coup : elle était craintive, elle devint audacieuse; elle se déborda comme un torrent. Son style perdit cette correction élégante, fruit

d'une civilisation tranquille. En revan-
che, il acquit une vigueur sévère et
mâle. L'harmonie n'occupa plus qu'un
rang secondaire. Grâce, fraîcheur, images, l'énergie remplaça tout. C'était un
mélange de littérature vierge et de littérature prostituée. Elle avait toute l'impétuosité de la première, son irrégularité
même; mais aussi, comme la seconde,
elle était gangrenée jusqu'au fond de
l'âme. Ses excès l'avaient perdue.

Ce n'est donc pas la littérature telle
que nous l'a donnée la monarchie, ce
n'est pas non plus la littérature telle que
nous l'a donnée la révolution, qu'il faut
à la France moderne. Au milieu d'elles
doit s'en trouver une, forte, grande et
impérissable, qui participera de ses deux
aînées; comme, entre la révolution et

la monarchie, s'est trouvé un état politique qui participe de la monarchie et de
la révolution. Ainsi un changement positif dans l'ordre social aura amené un
changement positif dans la littérature.

Que l'on ne s'imagine pas cependant
que ce changement soit si prochain. Des
causes nombreuses s'y opposent. Les élémens sont prêts; mais que d'obstacles à
vaincre! que de préjugés à combattre!
Une puissance occulte lutte contre le dé-
veloppement de cette littérature nais-
sante. On cherche à lui donner une
direction fausse; et, si l'on ne peut
enfin parvenir à l'étouffer, on essaiera
du moins de s'emparer d'elle et de l'exploiter au profit des doctrines absolues
et de l'intolérance religieuse. N'osant
tenter de lui faire faire un pas rétro-

grade, on la contraindra du moins à res-
ter stationnaire. Aucune des branches de
cet arbre fécond n'échappe aux ciseaux
de nos émondeurs politiques : les réqui-
sitoires atteignent les journaux ; la police
correctionnelle impose silence à la presse,
et la censure envahit le théâtre.

Avec ces trois moyens d'opposition, il
est à présumer qu'on réussira. Le dernier
surtout paralysera constamment nos efforts. La littérature d'une nation est principalement dans son théâtre. C'est là
qu'elle est originale, c'est là qu'elle est
digne de sa mission, enfin c'est là qu'elle
est vivante. Elle est morte, si vous l'en
proscrivez ; repoussée de la scène, elle
n'aura plus d'écho. Le génie se lassera de
produire en vain. La médiocrité seule
enfantera. Melpomène et Thalie pourront

alors s'exiler de la France, car la France n'aura plus d'asile à leur offrir.

Aussi, quels sont les résultats de cette oppression littéraire? un découragement général parmi les jeunes écrivains. On leur demande compte de leurs inspirations. Leur imagination est-elle frappée d'une idée forte et grande, ils la repoussent aussitôt comme un don funeste du génie; car la censure n'aime point ce qui est grand et fort. Veulent-ils esquisser un caractère tragique, ils s'arrêtent, incertains et tremblans. Emprunteront-ils les couleurs de l'histoire? retraceront-ils les faits tels qu'elle nous les a légués? Et si le héros dont ils ont fait choix a vécu dans ces siècles de gloire où les aigles romaines planaient sur le monde; s'il se nommait Cincinnatus ou Publicola; enfin

s'il avait été citoyen d'une république,
oseront-ils le peindre ressemblant? Au
seul mot de liberté, leur plume ne s'arrê-
tera-t-elle pas? Chaque sentiment noble
et généreux qu'ils exprimeront ne leur
semblera-t-il pas un outrage pour notre
époque, et la censure n'est-elle pas là?

Qu'avons-nous fait du dépôt sacré que
Molière nous confia en mourant? Avons-
nous recueilli son héritage? Avons-nous
conservé la plume dont il flétrissait les
dévots de place? Elle est perdue, sinon
brisée ; et pourtant que de mains parmi
nous dignes peut-être de la tenir! Quelle
mine inépuisable de ridicules à exploiter!
Eh quoi! il ne me sera pas permis de livrer aux risées de la scène nos Tartuffes
du jour, nos modernes Turcarets! Nos
marquis sont devenus inviolables ; et l'on

défend aux auteurs comiques d'habiter le faubourg Saint-Germain.

Plaisante manière d'encourager les lettres! Avec ce système, je ne désespère pas de voir bientôt la France descendre du haut rang qu'elle occupe dans la civilisation européenne. Nous aurons cependant une littérature, parce qu'il en faut une pour un peuple. Qu'elle soit mâle ou pusillanime, esclave ou libre; que nous importe! nous en aurons toujours une: ce sera celle du Bas-Empire. Les mêmes causes amèneront les mêmes effets.

Quand la liberté florissait à Rome; quand il y avait pour les Romains un Forum et un Capitole; quand on parlait de gloire sur les places publiques, au sénat, il y avait une belle littérature; elle était forte et vigoureuse comme le

siècle qu'elle représentait. Le feu sacré
de l'enthousiasme se communiquait de
l'âme du citoyen à l'âme du poète ; une
grande action éveillait une lyre ; une victoire était immortalisée ; et si quelquefois les armes romaines étaient trahies par
la fortune, au lieu d'un chant de deuil èt
d'épouvante, on n'entendait qu'un chant
d'orgueil et de colère. Mais du moment
où Rome fut transportée à Byzance, du
moment où ses aigles s'enfuirent sur les
rives du Bosphore avec Constantin, la
littérature n'emporta, dans son exil, que
des souvenirs qui furent bientôt effacés.
Le Forum, le Capitole avaient disparu à
ses yeux ; les cris de triomphe ne reten-
tissaient plus à son oreille. Où étaient les
tombeaux des Scévola et des Scipion ? Où
étaient le Tibre, la Roche Tarpéïenne,

le temple de Jupiter? Où était Rome?
Une nouvelle époque commençait pour
la littérature. Jetée au milieu de peuples
qu'une civilisation incomplète avait à
peine éclairés, la pureté de son langage
s'altéra ; elle devint pâle et languissante.
Le despotisme des empereurs, les inva-
sions des Barbares, la lutte sanglante
entre le paganisme et le christianisme,
achevèrent de la corrompre. De règne en
règne, elle marchait rapidement vers sa
décadence : son flambeau ne brillait plus
qu'à de longs intervalles. Sous le dernier
des Constantins, il jetait encore une
faible lumière. Enfin Mahomet l'éteignit
dans le sang des habitans de Byzance.

Si je voulais, en observateur rigide,
détacher mes yeux de ce tableau pour les
reporter sur l'état de la littérature en

France, peut-être trouverais-je quelques points de rapprochement. Mais il serait trop douloureux pour moi de les chercher : ils n'échapperont sans doute à personne.

Nous possédons cependant tous les élémens nécessaires pour former une littérature excellente (1). Nous demandons aux dépositaires du pouvoir qu'ils ne gênent point notre essor, qu'ils nous laissent déployer nos ailes. Leurs encouragemens ne nous sont pas nécessaires ; nous n'avons pas besoin d'eux : nous saurons bien élever l'édifice sans leur secours. Qu'ils nous ouvrent les portes des théâtres, qu'ils ferment pour jamais celles des bureaux de la censure ; et, marchant alors dans notre force, libres d'entraves avilissantes, nous parcourrons la nou-

velle carrière que nous entrevoyons devant nous.

Malheureusement il n'en sera pas ainsi.
L'inquisition littéraire ne lâche pas plus
sa proie que l'inquisition politique ; les
ciseaux d'un censeur sont impitoyables ;
et le gouvernement ne semble pas dis-
posé à renoncer à son système de pros-
cription. On poursuit les écrivains jusque
dans leurs ouvrages. On les sépare en
deux classes bien distinctes, dont l'une
est comblée des faveurs ministérielles,
et l'autre accablée de dégoûts. Quiconque
porte un cœur libre, quiconque a une
volonté ferme, ne doit point espérer
l'appui du pouvoir. Une voix indépendante est bientôt comprimée. On la mar-
chande d'abord, on veut l'acheter à prix

d'or ; et, si elle résiste, on l'étouffe avec un bâillon.

N'importe : faisons toujours notre devoir. Nous qui avons reçu notre mission de la vérité, ne la laissons pas défaillir. Prêtons-lui le secours de notre plume. Adoptons tout ce qui est beau, tout ce qui est grand, tout ce qui est utile. Proscrivons tout ce qui est mortel aux arts et à la liberté. Génération née au milieu des orages, nous y avons puisé de l'énergie et de l'enthousiasme. Combattons avec ces armes redoutables : notre triomphe est assuré. Quels ennemis rencontrerons-nous sur notre passage ? Des hommes qui rêvent encore l'esclavage, de vils courtisans courbés sans cesse devant une idole, des écrivains vendus ou à vendre, des enfans d'Ignace et quelques fainéans de couvent. Unissons nos efforts pour les repousser ; et n'oublions pas que la littérature, la politique et la morale sont liées irrévocablement ensemble, qu'elles se prêtent un mutuel appui, enfin qu'elles sont solidaires.

A

Casimir Delavigne.

———◄══❖══►———

Accepte-les ; je te les donne,
Ces vers, doux présent des nœuf Sœurs !
De ma poétique couronne
Je te dois les premières fleurs.

La gloire ne me séduit guère ;
Tu m'aimes, et je suis heureux.

J'aurais voulu naître ton frère ;
Tu m'aurais encore aimé mieux.

Quand mon indomptable courage
Luttait contre les coups du sort,
Toi seul, au travers de l'orage,
Me faisais entrevoir le port.

Tu me disais : « Jeune poète !
« Du Destin crains-tu les rigueurs ?
« Et les éclairs de la tempête
« Ne sont-ils pas inspirateurs ? »

Alors une céleste flamme
S'alluma dans mon sein brûlant ;
Mon œil, réfléchissant mon âme,
Lance un regard étincelant.

Alors ma main saisit la lyre
Que ton beau nom doit consacrer ;
Et je sentis, à mon délire,
Que tu venais de m'inspirer.

De l'aiglon, la voûte éternelle
Tente le vol audacieux ;
Aigle, couvre-le de ton aile ;
Apprends-lui le chemin des cieux.

Épître

d'un Libéral

A SA MAJESTÉ CHARLES X.

2

Épître d'un Libéral

A SA MAJESTÉ CHARLES X.

« Remettez-vous, Français, d'une alarme si chaude ;
« Nous vivons sous un prince ennemi de la fraude. »

Oui, l'alarme était chaude, et nos plus saintes lois,
Et ce pacte immortel consacré par deux rois,
Tout périssait bientôt dans un commun naufrage :
Un habile pilote a détourné l'orage ;

Et la patrie en deuil contemple avec transport
Le vaisseau de l'État, ramené vers le port.

Je ne flattai jamais la puissance suprême ;
Jamais, courbant mon front devant un diadême,
D'un despote orgueilleux encensant les erreurs,
Je ne sollicitai de coupables faveurs.
A nos sanglans débats ma muse est étrangère ;
Fils de la liberté, j'idolâtre ma mère,
Non cette liberté qui, féconde en forfaits,
S'assied, en blasphémant, sur le seuil des palais,
Et des temples divins ébranlant les colonnes,
S'élance des autels jusqu'au sommet des trônes ;
Mais cette liberté, messagère des cieux,
Qui de voiles épais débarrasse nos yeux,
Qui, pure et vierge encor, sublime et tolérante,
Verse au monde ébloui sa lumière éclatante,

Communique sa force au faible désarmé,
Et contre l'oppresseur protège l'opprimé.

Ah ! qui n'encenserait une idole si belle !
A ton cœur généreux ma franchise en appelle,
Charles ; monarque sage et galant chevalier,
Confiant et loyal comme François premier,
Tu nous promis enfin un avenir prospère ;
La France, à ton aspect, crut retrouver un père,
Chargé du noble soin de calmer les douleurs,
D'adoucir l'infortune et d'essuyer les pleurs.

Il est temps d'accomplir ton auguste promesse !
Le monstre affreux du mal marche et grandit sans cesse,
L'intrigue et l'intérêt, ces puissances du jour,
Siègent au ministère, envahissent ta cour.

Leur voix insidieuse et t'abuse et t'égare.

En robe de jésuite, en superbe simarre,

Revêtus d'un manteau brodé de fleurs de lis,

Et rembourrés d'hermine ou couverts d'un surplis,

Autour de toi, mon Prince, ils veillent en silence.

Leurs éloges trompeurs endorment ta prudence.

Je les entends déjà, Tartuffes effrontés,

Dans leurs discours pompeux, avec art apprêtés,

De l'État appauvri te vanter la richesse,

Changer les cris du peuple en concerts d'alégresse,

Te peindre l'abondance et les arts et la paix,

Sur un sol fécondé répandant leurs bienfaits.

De ce tableau brillant ils te cachent les ombres,

Et de la vérité les couleurs sont plus sombres.

Je te peindrai l'État, en sa base ébranlé,

La vertu poursuivie et l'honneur exilé;

Je te peindrai les arts, la paix et l'abondance,

D'un vol précipité s'enfuyant de la France;

La politique assise aux pieds des saints autels,
Et, mouillant de mes pleurs tes genoux paternels,
Je te dirai : « Mon roi! si trente ans de misère
Ont du Ciel irrité satisfait la colère ;
Par un choc violent renversés et meurtris,
Si nous devons enfin rassembler nos débris,
Et, réparant du sort la trop longue injustice,
D'un solide bonheur élever l'édifice ,
L'édifice, à ta voix, va bientôt s'élever.
Il faut vivre ou périr, nous perdre ou nous sauver.

On dit qu'un tribunal *, implacable et terrible,
Impose aux nations sa balance inflexible ;
Qu'il juge sans appel, fonde ou détruit les lois,
Et que même à sa barre il a cité des rois ;

* La Sainte-Alliance.

Qu'il absout ou condamne et renverse ou relève,

Et qu'il a proclamé la volonté du glaive!

Charles, serait-il vrai? Quand les soldats du Nord,

Apportant parmi nous l'épouvante et la mort,

Fixèrent dans leurs rangs la victoire infidèle,

Avons-nous accepté leur indigne tutèle?

Leur avons-nous vendu, par un lâche traité,

Notre avenir, nos droits et notre liberté?

Cédant à leur aspect à de vaines alarmes,

Nos guerriers devant eux ont-ils baissé leurs armes?

De son vieil étendard désertant les lambeaux,

Notre aigle a-t-il jamais salué leurs drapeaux?

Ah! si le champ d'honneur a vu notre courage

Subir de leurs succès l'insupportable outrage,

Si nos foudres captifs, tout-à-coup échappés,

Sous leurs lauriers sanglans ne les ont pas frappés,

Ce n'est point que la France, à sa gloire rebelle,

Manquât de défenseurs prêts à périr pour elle;

Ce n'est point que nos bras, lassés par les revers,
Ne pussent désormais soulever que des fers (2) !

Quel scandale au Parnasse ! et quelle ignominie !
De riches financiers marchandent le génie !
S'exilant à regret du céleste séjour,
Dans l'hôtel d'un ministre Apollon tient sa cour.
Il a déjà perdu son gracieux sourire,
Et contre un sceptre d'or il a changé sa lyre.
Lui-même, j'en suis sûr, ne se reconnaît pas :
Oh ! qu'il doit s'étonner d'être tombé si bas !
De ses adorateurs la légion immense
Lui vient à deux genoux demander audience.
Le chansonnier joyeux et le tragique en deuil
Attendent humblement la faveur d'un coup d'œil.
Le poète sacré qui rima des prières,
Et le pâle habitant des sombres cimetières,

Le romantique enfin , larmoyeur éternel ,
Qui dîne de la tombe et soupe de l'autel ,
Tous élèvent leurs voix, et leurs mains suppliantes.
Le grand-livre aussitôt se surcharge de rentes ,
Les bureaux sont comblés : fanfaron sans pudeur,
L'un pare son habit du signe de l'honneur ;
Honteux de ses parens, plébéien ridicule ,
L'autre devant son nom place une particule. (3)

Ah ! n'est-il point encor des enfans d'Apollon ,
Des poètes sacrés, dignes de ce grand nom !
Favori de ton siècle, ô toi que sur là scène
Couronnent tour à tour Thalie et Melpomène ,
Toi qui peignis Tyrtée invoquant les combats ,
Biron offrant aux Grecs et sa lyre et son bras,
Lavigne, il nous souvient de ces jours de misère
Où régnait dans nos murs l'insolence étrangère,

De ces jours où la France, en longs habits de deuil,

Se débattait sanglante aux bords de son cercueil.

Il nous souvient aussi de cet hymne sublime,

Sainte inspiration de ton cœur magnanime.

Exhalant en beaux vers ta plaintive douleur,

Tu plaidas noblement la cause du malheur;

Et de nos vieux guerriers morts aux champs de la gloire,

Tu chantas la défaite..... ou plutôt la victoire.

Des sujets moins brillans réclament mes pinceaux.

Une sombre couleur rembrunit mes tableaux.

Et que nous veut encore une noblesse altière?

Faut–il donc à l'encan vendre la France entière?

Comtes, ducs et marquis, parlez; qu'exigez–vous?

Ah ! toujours le malheur sera sacré pour nous !

Est-ce un don généreux que vos pleurs nous demandent?

Venez, nous sommes prêts; nos secours vous attendent;

Venez entre nos bras, venez sur notre cœur

D'un long bannissement oublier la rigueur.

Mais, enfans égarés d'une auguste patrie,

Que réclamez–vous d'elle après l'avoir flétrie ?

Puissans en dignités, chamarrés de cordons,

Habitans fastueux de superbes salons,

Vous entourez le trône, et les rangs de l'armée

Accueillent de vos noms la vieille renommée.

Les temples de Thémis s'ouvrent à votre voix ;

Vous peuplez le palais où se votent nos lois ;

Vous siégez seuls enfin à ce sénat suprême,

Inébranlable appui des droits du diadème.

Et vous osez vous plaindre ! et vos vœux insensés

Relèvent en espoir vos châteaux renversés !

Vous rappelez ces temps de mémoire fatale,

Où rampait devant vous la majesté royale,

Où, mortels ennemis de votre souverain,

Vous lui rendiez hommage, un glaive dans la main (4).

Il est aux bords rians que l'Eurotas arrose

Un climat enchanteur où croît le laurier-rose.

La liberté vaincue y sommeilla long-temps :

Son pénible sommeil a duré trois cents ans.

Elle avait oublié Platée et Salamine ;

Enfin brilla pour elle une clarté divine.

L'auguste souvenir des siècles écoulés

S'élança tout-à-coup des cercueils ébranlés ;

On entendit des voix chantant l'hymne de guerre ;

On vit des morts fameux s'animer la poussière ;

Thémistocle apparut avec Léonidas.

Couverts encor du sang versé dans les combats,

Sur leur front relevé respirait la menace,

Et leur œil belliqueux étincelait d'audace.

Redemandant son rang à ce vieil univers,

Alors un peuple esclave osa briser ses fers.

Volez le secourir, portez-lui cette épée

Qu'au sang des Musulmans vos aïeux ont trempée ;

Et d'un joug oppresseur délivrez à la fois
Et la liberté sainte et l'immortelle croix.

Mais détournons nos yeux du beau sol de la Grèce :
Elle a promis de vaincre et tiendra sa promesse.
La France gémissante implore encor son Roi.
Charles, veille pour elle ; elle a veillé pour toi.

Jette un regard pieux sur l'Église en alarmes !
Quand la foi du chrétien, douce et pleine de charmes,
De notre âme agitée endormant les terreurs,
De ses rayons divins éclairait nos erreurs,
De la religion l'éloquence naïve,
Indulgente aux remords, simple, persuasive,
Aplanissait pour nous le chemin du cercueil.
Un jour devait venir, jour d'horreur et de deuil,

Ou l'ardent fanatisme, échappé des ténèbres,

Couvrirait les autels de ses ailes funèbres.

Alors, au nom des cieux, l'échafaud fut dressé ;

La torture apaisa l'Éternel offensé ;

Le fer, nouvel apôtre, instruisit l'ignorance ;

Au bruit des hymnes saints, les cris de la souffrance

S'élevèrent en chœur du bûcher triomphant,

Et dans le sang du père on baptisa l'enfant.

Eh bien ! ces temps affreux peuvent encor renaître.

Esclaves d'un tyran et vassales d'un prêtre,

Les nations encor, sous un joug détesté,

Peuvent courber des lois la mâle autorité.

Le glaive inquisiteur réclame ses victimes ;

La hache des bourreaux n'est point lasse de crimes.

Interroge l'Espagne et ses débris fumans :

Une torche à la main, farouches, menaçans,

Et saluant le meurtre avec des cris de joie,
Les partis divisés se disputent leur proie.
Abandonnant son âme à de lâches terreurs,
Irritant tour à tour et flattant leurs fureurs,
Le monarque lui-même, assiégé par l'orage,
Nous redemande un port qui l'arrache au naufrage.
La révolte est debout; l'anarchie aux cent bras
Le presse, l'enveloppe, et s'attache à ses pas.
Ces infernales sœurs, pour le carnage unies,
Dressent en frémissant leurs têtes impunies.
Si, caressant un jour l'orgueil ultramontain,
La France à leurs assauts n'oppose un mur d'airain,
La France les verra, tout-à-coup déchaînées,
Torrent impétueux, franchir les Pyrénées. (5)

Non! ces excès cruels, dont le long souvenir
Ira de siècle en siècle effrayer l'avenir,

Par tes sages efforts arrêtés à leur source,

Respecteront la digue imposée à leur course.

Sur ton auguste front l'huile sainte a coulé,

Et des devoirs d'un roi l'Éternel t'a parlé.

Lorsque montait aux cieux ta fervente prière,

N'as-tu pas entendu, du fond du sanctuaire

Où de ce Dieu puissant se cache la grandeur,

Une éloquente voix s'élancer vers ton cœur ?

Ne te sembla-t-il point que le Maître du monde,

Inondant le parvis d'une clarté profonde,

Et t'imposant pour joug son immuable loi,

Dans toute sa splendeur se révélait à toi ?

Ne t'a-t-il point crié : « Monarque périssable,

« Attache à ta couronne un lustre ineffaçable !

« Ose embrasser des temps la vaste immensité ;

« Fonde, vivant encor, ton immortalité.

« Sois juste, sois humain ; console l'infortune ;

« Partage également la richesse commune.

2.

« Des marches de ton trône exile les flatteurs ;

« Ils te vendraient trop cher leurs conseils corrupteurs. »

Voix sublime et sacrée ! oui, tu fus entendue :

Charles te recueillit ; et d'en haut descendue,

Reprends ton vol divin , et porte au Roi des rois

Le serment d'un Bourbon , prononcé sur la croix.

Le Poète

PARTANT POUR LA GRÈCE.

Le Poète

PARTANT POUR LA GRÈCE.

———✦———

Le poète a saisi sa lyre !
Le voyez-vous, l'œil égaré,
Et le sein palpitant d'un céleste délire ?
Prêtez l'oreille au chant sacré !
C'est la liberté qui l'inspire.

Silence, bruit des cours, tumulte des palais,
Vain fracas des pompes hautaines,
Silence !.... de l'esclave on n'entend pas les chaînes !

Le poëte naquit Français :

Non loin de la mer turbulente,

Un beau pays s'élève, ombragé de forêts :

C'est la Bretagne indépendante ! (6)

Dans ce noble pays il a reçu le jour.

Salut, noble pays, objet de son amour !

Il quitta, jeune encore, une mère chérie ;

Son quinzième printemps allait bientôt finir ;

Pour l'enfant d'Apollon, au jardin de la vie,

A peine quelques fleurs commençaient à s'ouvrir.

Bercé d'illusions légères,

Exhalant ses regrets dans un adieu touchant,

Il s'écria : « Je pars, » et partit en pleurant.

Il ne s'exila point aux rives étrangères :

Vers la capitale des arts,

Plein d'un orgueil sublime il tourna ses regards.

La faim et la misère attendaient le poëte ;

Il mendia le pain qu'on donne à l'indigent.

Il souffrait ; mais sa lyre adoucit son tourment ;

    Sa lyre ne fut pas muette.

    « Sous les coups redoublés du sort

    « Je ne courberai point ma tête.

« J'ai l'appui des neuf Sœurs, **et je suis assez fort.**

    « Je puis défier la tempête.

« Ah ! si je dois mourir, qu'au moins avec honneur

    « Au champ des braves je succombe !

« Il me faut des lauriers pour en couvrir ma tombe !

« Ou les lauriers du Pinde, ou ceux de la valeur,

« Il m'en faut ! j'en aurai. Qu'on m'apporte des armes !

« La Grèce enfin renaît, belle de nouveaux charmes.

    « Des armes ! de Léonidas

« Au fond de son cercueil a tressailli la cendre !

« Le héros m'apparaît. Grèce, il court te défendre !

    « Grèce ! marchons, suivons ses pas !

« C'est le sang musulman que nos mains vont répandre.

    « Des armes ! ne l'épargnons pas !

« Dis, fils de Mahomet, pourquoi ton pied sauvage

    « Foule le sol de Marathon ?

    « Oses-tu porter le ravage

« Aux lieux qu'ont illustrés Miltiade et Cimon !

    « Satellite de l'esclavage,

    « Connais-tu donc la liberté ?....

« Soleil, tu la connais, cette auguste déesse !

« Lorsqu'elle se montra, l'univers enchanté

« Tressaillit de bonheur, d'espérance et d'ivresse ;

    « Et s'élançant de son berceau,

« Alors elle vola, majestueuse et fière,

    « A ton éternelle lumière

    « Allumer son sacré flambeau.

« Le navire est-il prêt ? que la voile tendue

« Soit livrée au souffle des vents

« Qu'une étoile propice, au milieu de la nue,

« Sur les flots aplanis guide nos mâts flottans.

    « Gloire à la croix ! Mort aux tyrans ! »

. . . .

Un rapide vaisseau fend la vague écumeuse,

Et bientôt de la Grèce il atteindra les bords.

D'un moderne Amphion j'entends les doux accords.

    Que sa lyre est harmonieuse !

Un jeune homme est debout. Mollement agité,

L'air jusqu'à mon oreille apporte un bruit sonore....

    C'est le poète.... il chante encore

    Sa patrie et la liberté !

Le Poète mourant.

Le Poète mourant.

———◆———

Que me veux-tu? pourquoi verser des pleurs ?
Parle !—Un morceau de pain !—Est-ce à toi cette lyre?
— Oui, c'est mon seul trésor ! c'est elle qui soupire
    Et ma souffrance et mes malheurs.
— Tu demandes du pain ! —Oh! je vous en supplie,
    Donnez-moi du pain, ou je meurs.
— Poète ! en quels climats as-tu reçu la vie ?
    — La Bretagne fut mon berceau.

O Bretagne adorée ! ô ma belle patrie !

    Je t'avais promis mon tombeau,

    Et les palmes de mon génie :

Tu n'auras rien de moi. Te souvient-il du jour

Où, brillant de jeunesse, enflammé par la gloire,

Je partis, saluant les rives de la Loire

    D'un chant d'adieu, d'espérance et d'amour ?

J'ai dit le chant d'adieu ; mais le chant du retour,

Je ne le dirai pas : ma jeunesse est flétrie.

    La gloire, idole de mon cœur,

Un instant me flatta d'un souris séducteur,

    Et maintenant elle m'oublie !

—Viens, poète ; suis-moi.—Je reste ; il n'est plus temps.

    Étranger, je vous remercie ;

    Écoutez mes derniers accens.

    Et toi, ma compagne fidèle,

    Résonne encore sous mes doigts ;

O ma lyre, encore une fois!....

Commençons l'hymne solennelle.

Apollon, Apollon, roi des divins concerts,

Remplis mon sein de ton délire.

Que ton souffle brûlant m'inspire,

Et qu'on reconnaisse à mes vers

Que c'est toi, fils du ciel, qui m'as donné ma lyre!

Silence!.... « Être inutile, au trépas condamné,

« J'expire! Si du moins, consacrant ma mémoire,

« Du laurier des neuf Sœurs j'expirais couronné,

« Et si je renaissais aux pages de l'histoire!

« Si les Muses prenaient le deuil,

« Si pour l'Olympe enfin j'abandonnais la terre;

« Alors!.... Mais au fond d'un cercueil

« Dormira ma froide poussière.

« Monde indigne de moi, monde qui m'as trompé,

« Ton avare dédain repoussa ma misère;

« A la porte du riche en tremblant j'ai frappé !
« Sa porte s'est fermée à ma douce prière....

    « Ma lyre , cesse tes accords ;
« Un funèbre bandeau s'épaissit sur ma vue ;
« Ma lyre, à mes côtés, sommeille détendue,
    « Sommeille avec moi , je m'endors.
« Et vous , noble étranger, vous que mon indigence
    « Éprouva tendre et généreux,
    « Quand vous voyagerez aux lieux
    « Témoins de ma paisible enfance ,
    « Apprenez-leur que ma souffrance
« Fut bien moins de mourir que de mourir loin d'eux. »

« Mon présent est fini ; mon avenir commence. »

Meurs donc , infortuné que lassait l'existence !

Victime des coups du destin,

Meurs donc de douleur et de faim !

Vers l'insensible Providence

Vainement s'éleva ta suppliante main ;

Tu fatiguais son indolence ;

Meurs!.... Moi, je te destine un simple monument :

Un simple monument à tes vœux doit suffire.

Aux cyprès d'alentour je suspendrai ta lyre.

Où trouver, ô poète, un plus bel ornement (7)?

Ode

AUX ESPAGNOLS.

Ode

AUX ESPAGNOLS.

Entendez-vous gronder les foudres de la guerre?
Espagnols, Espagnols, volez à la frontière!
     L'étranger a paru!
Ses pas profaneraient notre belle patrie!
Il croit entrer vainqueur dans l'Espagne asservie ;
     Qu'il en sorte vaincu!

Qu'il en sorte, emportant la haine de la terre!
Poursuivi par le Ciel, dont la sainte colère
     Brisera son orgueil!

Qu'il apprenne à ses rois, qu'il apprenne aux esclaves,
Qu'il n'est que deux destins lorsqu'on s'attaque aux braves,
            La fuite ou le cercueil.

Partout a retenti le signal des alarmes.
Espagnols, levez-vous, et saisissez vos armes!
            Honte au lâche oppresseur!
Que de vos rangs serrés la masse impénétrable
Offre à l'indépendance un rempart formidable
            D'audace et de valeur.

Des flancs du Nord vomie *, une horde sauvage,
Comme un torrent fougueux roule, inonde, ravage,
            Souille vos champs sacrés.

* On parlait alors du passage des troupes russes sur notre
territoire pour aller porter la guerre en Espagne.

Opposez une digue à sa rapide course;
Que le torrent dompté rappelle vers leur source
    Ses flots déshonorés !

O spectacle d'horreur ! le monstre des batailles
Se promène, en hurlant, parmi les funérailles
    Et les glaives brisés.
Éclairant le combat de lueurs effrayantes,
L'incendie, à grand bruit, de ses ailes ardentes,
    Bat les airs embrasés.

Voyez-vous des autels les farouches ministres?
Arrachons le bandeau qui de leurs fronts sinistres
    Voile la nudité.
Lisons, en pâlissant, ces sanglans caractères !
Oh ! que va découvrir de terribles mystères
    Notre œil épouvanté !

Lisons ; le doigt divin, menaçant et rapide,

Y grava le tableau de leur vie homicide

   Et de leurs attentats.

Ils ne sont plus enfin ces siècles d'ignorance,

Où sous leur joug honteux se courbaient en silence

   Peuples et potentats.

Lisons !.... « Les souverains, dans leur brûlant délire,

« Forçaient les nations à révérer l'empire

   « De nos injustes droits.

« Eux-mêmes ils tremblaient, enchaînés sur leurs trône

« Nos sacrilèges mains arrachaient les couronnes

   « De la tête des rois (8).

« De la pitié plaintive étouffant les murmures,

« Notre implacable rage inventa des tortures

   « Et fonda des cachots.

« Les pages du passé sont pleines de nos crimes;

« L'Espagne , en frémissant, fournissait les victimes;

« Nous donnions les bourreaux.

« Hélas ! aux jours heureux de l'antique ignorance,

« Les tremblans Espagnols devant notre puissance

« Fléchissaient les genoux.

« Nous étions tout pour eux, gloire, grandeur, patrie.

« Nous ne sommes plus rien! Leur dignité flétrie

« Leur a dit : « Levez-vous !

« Mais la religion , déployant sa bannière ,

« Aux lugubres accens du tocsin funéraire ,

« Appelle ses soldats.

« L'ange exterminateur parmi nous va descendre.... »

Insensés! le tocsin que vous venez d'entendre

Sonne votre trépas !

3.

Le fer de votre aspect délivrera le monde,
Et de la nuit des temps l'obscurité profonde
          Cachera votre nom !
Et l'Éternel pour vous sera sourd, inflexible.
Écoutez, écoutez ; voici l'arrêt terrible :
          Maudits ! point de pardon !

Quel rayon, descendu de la voûte étoilée,
Éclaire d'un jour pur mon âme consolée ?
          Les ténèbres ont fui.
Le soleil à flots d'or nous verse sa lumière ;
Le bonheur, loin de nous exilé par la guerre,
          Reparaît avec lui.

L'Espagne a relevé sa tête languissante ;
Au soc du laboureur Cérès obéissante
          Nous livre ses trésors.

Par cent canaux divers circule l'industrie ;
Et les tributs pompeux des arts et du génie
      Fertilisent nos bords.

Salut, bords enchanteurs, délicieux rivages !
Que ne viennent jamais les vents ni les orages
      Troubler votre horizon ;
Et du Ciel protecteur éprouvant l'influence,
Puissiez-vous recueillir de gloire et d'abondance
      Une riche moisson !

Le Pêcheuv.

Le Pêcheur.

---◆---

Écoute-moi, pêcheur! Déjà gronde l'orage ;
Les vents impétueux ont soulevé les flots ;
Dans leur barque légère, attachée au rivage,
      Veillent les matelots.

Ils n'osent pas braver le courroux de Neptune.
Mais toi, jeune imprudent, tu crains peu les dangers.
Du moins si tu voguais pour chercher la fortune
      Sur des bords étrangers.

Si du vaste Océan défiant la menace,

Tu guidais un vaisseau vers de riches climats,

Alors, pêcheur, alors, ton intrépide audace

    Ne m'étonnerait pas !

Tu n'as point de vaisseau : tu n'as qu'une nacelle

D'où tu jettes au loin le perfide hameçon,

Et qui voyage au gré d'une voile fidèle,

    Ou d'un double aviron (9).

A peine on voit briller quelques éclairs rapides.

Attends que le soleil, se levant radieux,

Chasse l'épais brouillard dont les vapeurs humides

    Obscurcissent les cieux.

Pêcheur, je t'en supplie, au nom de ton vieux père,

Au nom de tes enfans, tes plus chères amours,

Ne va point sur les flots, nautonnier téméraire,

    Aventurer tes jours.

Il sera bientôt jour ; rentre dans ta chaumière.
Là , d'un sommeil profond , dors jusques au matin.
Demain , un calme pur rafraîchira la terre :
   Tu partiras demain.

Hélas ! de mes conseils méprisant la sagesse ,
Tu ris de ma terreur et tu quittes le port !
Tu chantes, insensé ! Quoi ! des chants d'allégresse
   Quand tu cours à la mort !

« J'ai souvent , réponds-tu , lutté contre les ondes ;
« La tempête , d'ailleurs , ne peut durer long-temps.
« N'ai-je pas , pour voguer au sein des mers profondes,
   « Mes voiles et les vents ?

« Adieu !.... » Son frêle esquif disparaît à ma vue ,
Et je sentis mon cœur qui tressaillait d'effroi ;
Sur un rocher désert sa compagne éperdue
   S'assit auprès de moi.

4

Elle versait des pleurs ! j'essayai de sourire.

Vers la plage , le soir , nous dirigeons nos pas ;

« Il reviendra , » dit-elle , et je n'osai lui dire :

      « Il ne reviendra pas ! »

Je ne me trompais point , et notre voix plaintive

Appela vainement l'infortuné pêcheur ;

On a trouvé son corps rejeté sur la rive

      Par la vague en fureur.

Les Nègres

ET

LE NÉGRIER.

Les Nègres

ET LE NÉGRIER (10).

————

Sur les bords africains, non loin de ces déserts,
Où le sol infertile et brûlé par les airs
N'offre à l'œil attristé qu'une étendue immense
Dont un zéphir pesant trouble seul le silence,
Des nègres réunis, près d'antiques palmiers,
Fondèrent un village. Humains, hospitaliers,
Accueillant la fortune, accueillant l'indigence,
De l'heureux âge d'or ils rappelaient l'enfance.

L'aurore, en se levant, éclairait leurs travaux :
L'un construisait l'esquif qui doit fendre les eaux;
L'autre en vase élégant arrondissait l'argile,
Et parait de couleurs son chef-d'œuvre fragile.
Lorsque venait le soir, leurs chants mélodieux
Saluaient le soleil qui s'enfuyait des cieux;
Et ces chants, de leur âme expression fidèle,
Beaux comme la nature, étaient simples comme elle (11).

Un étranger, parti des rivages français,
Rivages que peut-être il quitta pour jamais,
Au perfide Océan confia sa richesse;
Soit que Dieu l'eût frappé de sa main vengeresse,
Soit qu'un destin cruel, s'attachant à ses jours,
De ses hardis projets voulût borner le cours,
Près d'arriver au port, assailli par l'orage,
Il échappa, mourant, aux horreurs du naufrage.

Il retrouva la paix sous de paisibles toits.

Les nègres rassemblés lui contaient quelquefois

Leurs courses, leurs périls, les maux de l'esclavage;

Il leur cachait les pleurs qui baignaient son visage.

Pourquoi donc versait-il des pleurs?

Pleurait-il son vaissseau submergé par les ondes?

Son regard est sinistre, et des rides profondes

Ont laissé sur son front la trace des douleurs.

« Mes mains, dit un vieillard, ont essayé les chaînes :

« Un sang libre pourtant bouillonnait dans mes veines.

« Le lâche Européen m'arracha de ces lieux

« Sans me permettre, hélas! la douceur des adieux.

« Et ma sœur me suivit; de sa douzième année

« C'était, il m'en souvient, la première journée.

« Faible, elle s'appuya sur mon bras protecteur;

« Tout son corps dégouttait d'une ardente sueur;

« Des soupirs étouffés s'échappaient de sa bouche,

« Ses genoux fléchissaient.... L'Européen farouche,

« Contemplant ce spectacle avec un ris moqueur,

« D'un fouet impitoyable excitait sa lenteur.

L'étranger a frémi! d'une pâleur soudaine

A ce récit affreux ses traits se sont couverts.

    Bientôt, sur la rive africaine,

    Un cri de deuil frappe les airs.

    Nègres, votre ennemi s'avance.

    Le voici; l'effroi le devance,

    Il vient vous apporter des fers !

Les reconnaissez-vous, ces oppresseurs avides?

C'est pour vous engloutir dans ses flancs homicides,

    Que leur vaisseau franchit les mers.

L'étranger s'est armé ; de sa hache terrible

Le tranchant meurtrier s'abat, et, furieux,

Sur les fronts fracassés vole et frappe, invisible.

L'étranger a souri ; son sourire est horrible,

    Et l'éclair jaillit de ses yeux.

Tout fuit devant ses coups.... Sa poitrine est sanglante.

    Une balle atteint le vainqueur ;

Elle a passé, rapide, au travers de son cœur,

Il tombe.... On l'environne.... et d'une voix tremblante :

« Bons nègres, laissez-moi ; ne plaignez point mon sort ;

    « Je suis indigne de vos larmes.

« Pourtant, je l'avouerai, j'ai trouvé quelques charmes

« A combattre en vos rangs, à défier la mort,

« Pour effacer la honte imprimée à mes armes !

« Cette hache !.... ce fer !.... souvenir odieux !....

« Ils sont lavés enfin d'une longue souillure !

« Tais-toi, remords vengeur! Humanité! nature!
« Votre pardon sur moi descend du haut des cieux. »

Un nègre a soulevé sa tête :
— Dis-nous, être mystérieux !
Lorsqu'aux bords africains te jeta la tempête,
D'où partait ton vaisseau? voguait-il vers ces lieux?
Qu'y venais-tu chercher? Un asile peut-être
Sous notre toit hospitalier !
Quel est nom, ton rang? quel pays t'a vu naître?
— Mon pays est la France, et j'étais.... négrier !

La Jeune Fille.

La Jeune Fille.

———

Qui me révélera des secrets que j'ignore ?
D'où me vient, au printemps, cette vague langueur
      Qui me consume et me dévore ?
Mon sang, rapidement, remonte vers mon cœur,
      Et d'une brûlante rougeur
      Mon front virginal se colore !

      Écartons ces voiles épais !
      Leur poids accable ma faiblesse :

Le plus léger tissu me fatigue et me blesse ;
J'ai peine à respirer sous ces ombrages frais.
Tout m'attriste, et le jour, et l'onde, et le bocage !
L'air me semble embrasé ; dans mon sein palpitant
    Il ne peut trouver de passage.
Un humide bandeau couvre mon œil mourant.
    Recevez-moi, flots du rivage,
    De mes feux éteignez l'ardeur ;
    Ranimez-moi comme la fleur
    Qui se relève après l'orage !

Que ce lac, à mes pieds, coule tranquille et pur !....

Mais le ciel sous un voile a caché son azur !

    Voici la nuit ! son ombre immense
    Bientôt va nous envelopper ;
    Quelquefois, pour mieux me tromper,

Elle apporte avec elle un rêve d'innocence ;

Ft quelquefois aussi ses rêves sont brûlans !

D'ineffables plaisirs mon âme est enivrée ;

Une source inconnue, à ma lèvre altérée

     Verse ses flots rafraîchissans !

Il me semble qu'un ange étend sur moi son aile,

Qu'il couvre de baisers et mon sein et mes yeux !

Qu'exige-t-il, hélas ! d'une simple mortelle,

     Cet envoyé mystérieux ?

Oh ! reste, ange charmant ! Lorsque viendra l'aurore,

Ne fuis point de la couche où je dors près de toi ;

     Ange d'amour, attends encore !

     Je veux te voir !.... Éveille-moi !

. . . .

. . . .

. . . .

. . . .

Jeune fleur du printemps, à ce riant mensonge
    Abandonne tes sens émus !
Conserve ton erreur ; ne te réveille plus,
Car la réalité ne vaut pas ce doux songe.

L'Incendie.

L'Incendie.

LE MOSCOVITE ET SON FILS.

LE FILS.

Mon père, j'ai vu l'étranger !
Je l'ai vu, menaçant, déployer sa bannière ;
J'entends encor son cri de guerre ;

Courons mourir ou nous venger :
Donne-moi des armes, mon père !

LE MOSCOVITE.

L'étranger vient, dis-tu ? Quel peuple téméraire
Ose braver du Nord les belliqueux enfans (12)?

LE FILS.

Demande à nos soldats tremblans !
Ils le proclament tous le maître de la terre.
Voilà ses légions ! Un aigle audacieux
Protège leurs drapeaux de son aile étendue ;
Jamais aigle vivant, élancé vers la nue,
D'un regard plus hardi ne mesura les cieux.
Long-temps j'ai contemplé, dans un morne silence.
Ce redoutable oiseau dont le plumage d'or
Des rayons du soleil resplendissait encor.
Malheur à notre indépendance !

LE MOSCOVITE.

Malheur, malheur aux conquérans !

Leur triomphe, mon fils, fut toujours éphémère.

Mon fils, saluons la chaumière

Où j'élevai tes premiers ans !

C'est là que repose ta mère !

Qu'une larme d'amour, qu'une douce prière

Se mêle à nos adieux touchans.

« Nous te quittons, ombre adorée !

« Le sommeil de la tombe est paisible pour toi !

« Hélas ! que ne puis-je avec moi

« Emporter, en fuyant, ta dépouille sacrée ? »

Du feu ! du feu ! mon fils.

LE FILS.

En voici.

LE MOSCOVITE.

Feu vengeur !

Allume-toi , brûle , dévore ,

Brûle , embrase ces champs que d'un vil oppresseur

Le pied sauvage déshonore ,

Ces champs où sont empreints les pas de sa fureur.

Sous une faucille rapide

Nos blés mûrs ne tomberont pas

Pour nourrir sa faim homicide !

Dans ton vol , feu vengeur , tu les consumeras !

Consume et réduis en poussière

Mes flottantes moissons , le toit de mes aïeux !

Ne laisse rien debout , ne laisse que la terre

Aride , calcinée , épouvantant les yeux

Par sa nudité solitaire.

La flamme en épais tourbillons

Monte, s'élève, se déploie :
L'incendie a saisi sa proie ;
Il court de sillons en sillons.

Viens près de moi, mon fils, contempler ses ravages.
Semblable au calme affreux, précurseur des orages,
Il sommeille.... Bientôt, victorieux géant,
Il s'empare des airs qu'il dévore en grondant.

Au nom de l'Empereur, Russes, je vous appelle !
    Où fuyez-vous, pâles d'effroi?
Le sacrifice est grand !.... la gloire en est plus belle.
Au nom de l'Empereur, Russes, imitez-moi !

Vous m'avez entendu !.... La torche étincelante
    Déjà s'allume entre vos mains.
Marchez, vils oppresseurs, à sa clarté sanglante,
Nous ouvrons à vos pas de lumineux chemins !

Et nous, sur ces débris, nous restons vous attendre!
Sans reculer, ni sans nous rendre,
Nous bravons le plomb meurtrier;
Et nous mourrons jusqu'au dernier
Devant nos chaumières en cendre!

Chants

de

Canaris.

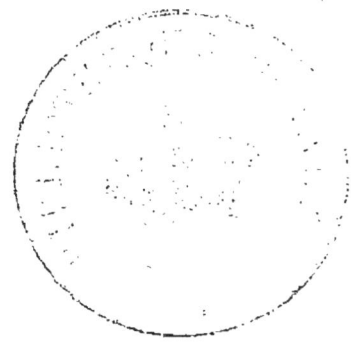

Le Départ.

———◆———

CANARIS.

Le vent du nord enfle nos voiles ;
Au combat ! au combat ! Soyez prêts, matelots !
Voyez-vous dans les cieux scintiller les étoiles ?
   Entendez-vous gronder les flots ?
De nos derniers adieux saluons ce rivage ,
   Saluons ces bords protecteurs ,
Et cette anse tranquille où , souvent , de l'orage
   Nous avons bravé les fureurs.

CHOEUR DES MATELOTS GRECS.

Nous vous saluons tous, rivage, anse tranquille,
Et vous, superbe Hydra, qu'environnent les mers!
C'est nous qui, les premiers, avons brisé vos fers
Comme on brise un roseau fragile.

CANARIS.

Tremblez, orgueilleux Ottomans!
Le bronze destructeur, la flamme vengeresse,
De ce vaste archipel chasseront nos tyrans,
Et nos mâts pavoisés apprendront à la Grèce
Que ses guerriers sont triomphans!

CHOEUR DES MATELOTS GRECS.

Nous vous saluons tous, rivage, anse tranquille,
Et vous, superbe Hydra, qu'environnent les mers!

C'est nous qui, les premiers, avons brisé vos fers
Comme on brise un roseau fragile.

CANARIS.

Croix sainte! drapeau glorieux!
Dans la riche Stamboul tu flotteras encore!
Venez nous recevoir, mânes de nos aïeux!
Vaisseau de Canaris, sur les flots du Bosphore,
Trace un sillon victorieux (13)!

CHOEUR DES MATELOTS GRECS.

Nous vous saluons tous, rivage, anse tranquille,
Et vous, superbe Hydra, qu'environnent les mers!
C'est nous qui, les premiers, avons brisé vos fers
Comme on brise un roseau fragile....

Déjà l'astre des nuits levait son front d'argent,
Et ses molles clartés blanchissaient les nuages.

De son léger frémissement,
Une brise embaumée agitait les cordages.
Une jeunesse ardente, à ces sacrés concerts,
Répond.... Le vaisseau part.... On écoute, immobile,
Et ces accens lointains frappent toujours les airs :

« C'est nous qui, les premiers, avons brisé vos fers
    « Comme on brise un roseau fragile. »

Le Combat.

―――

CANARIS.

L'ennemi ! l'ennemi !... Regardez !... sur les ondes
Du farouche Ibrahim j'aperçois les vaisseaux ;
    Ipsara ! voici tes bourreaux !
Salut, fils de l'Égypte !.... au combat ! mers profondes,
    Ouvrez vos humides tombeaux !

Tu pleures, Ipsara ! Le feu t'a ravagée,
    Le glaive a frappé tes enfans !

N'as-tu point reconnu nos drapeaux triomphans?
      Ipsara, tu seras vengée!

      Haine aux tyrans! gloire à la croix!
Si le sommeil fut long, le réveil est terrible :
Au cri de nos douleurs l'Europe est insensible :
      Soyons libres malgré les rois.

CHOEUR DES MATELOTS GRECS.

Tu pleures, Ipsara! Le feu t'a ravagée,
      Le glaive a frappé tes enfans!
N'as-tu point reconnu nos drapeaux triomphàns?
      Ipsara, tu seras vengée!

CANARIS.

Soyons libres! de nos aïeux
Osons redemander le sanglant héritage!

Ils sont à nous ces flots, ce beau ciel, ce rivage,
Et ce marbre qui fit nos dieux !

CHOEUR DES MATELOTS GRECS.

Tu pleures, Ipsara ! Le feu t'a ravagée,
Le glaive a frappé tes enfans !
N'as-tu point reconnu nos drapeaux triomphans ?
Ipsara, tu seras vengée !

CANARIS.

Soyons libres !.... La liberté
S'exila trois cents ans de la Grèce flétrie ;
A cette vierge en deuil rendons une patrie !
Donnons-lui l'hospitalité !

Mais la lutte s'engage, et le boulet rapide
Vole, renverse, écrase, et dans les airs brûlans

Jette au loin les membres sanglans.
Le brûlot est parti ! Le salpêtre homicide
S'allume en ses terribles flancs.
Ibrahim est vaincu ! Sa flotte submergée
De ses débris couvre les mers.
Un cri victorieux vient d'ébranler les airs :
« Ipsara ! te voilà vengée ! »

Le Retour.

CHOEUR DES MATELOTS GRECS.

Hydra, favorite des ondes,
Hydra, si charmante à nos yeux,
Hydra, que préfèrent les cieux
Entre les îles des deux mondes,
Nous revenons victorieux !

CANARIS.

Voyez-vous ces beaux lauriers-roses
Qu'agite un zéphire amoureux?
De leurs fleurs fraîchement écloses
Entremêlez vos blonds cheveux.
Quand nous abordons sur ces rives,
Saluez-nous, vierges naïves,
Et de la voix et du regard;
Bannissez vos longues alarmes,
Le retour doit sécher les larmes
Qu'a fait répandre le départ.

CHOEUR DES MATELOTS GRECS.

Hydra, favorite des ondes,
Hydra, si charmante à nos yeux,
Hydra, que préfèrent les cieux
Entre les îles des deux mondes,
Nous revenons victorieux!

CANARIS.

Conquérans de la Grèce en cendre,
Un jour, au sein profond des mers,
Nous vous forcerons à descendre
Avec vos vaisseaux entr'ouverts.
Et pour échapper aux naufrages,
Vous fuirez devant nos rivages,
D'écueils en écueils rejetés.
Puissé-je alors voir sur vos têtes,
Déracinés par les tempêtes,
Tomber vos mâts ensanglantés !

CHOEUR DES MATELOTS GRECS.

Hydra, favorite des ondes,
Hydra, si charmante à nos yeux,
Hydra, que préfèrent les cieux
Entre les îles des deux mondes,
Nous revenons victorieux !

CANARIS.

Remplissez la coupe des fêtes,
A longs flots versez-nous le vin,
Et que la harpe des prophètes
Sous vos doigts rende un son divin !
Chantez la Grèce renaissante,
Chantez sa splendeur florissante
A l'ombre de la liberté !
Chantez l'amour et la victoire,
Et mariez l'hymne de gloire
Avec un hymne à la beauté.

CHOEUR DES MATELOTS GRECS.

Hydra, favorite des ondes,
Hydra, si charmante à nos yeux,
Hydra, que préfèrent les cieux
Entre les îles des deux mondes,
Nous revenons victorieux !....

Le navire s'avance, et mille cris de joie

    Déjà l'accueillent dans le port ;

Et sur les mâts oisifs la voile se reploie,

Et de légers bateaux, suspendus près du bord,

Brisent leur double chaîne (14), et des rameurs agiles

    S'élancent, et d'un bras nerveux,

En chantant ce refrain, fendent les flots tranquilles :

    « Hydra, si charmante à nos yeux,

    « Hydra, favorite des ondes,

    « Hydra, que préfèrent les cieux

    « Entre les îles des deux mondes,

    « Nous revenons victorieux ! »

L'Aigle

et

Le Proscrit.

—

ODE.

L'Aigle

en

Le Proscrit.

—

ODE.

Un vaisseau fend les mers : à l'éclat des étoiles,
On distingue de loin la blancheur de ses voiles.
« Il sera bientôt jour, disent les matelots.
« Jetons l'ancre un moment sur la liquide plaine.
   « Voyez-vous Sainte-Hélène ?
« Saluons, en passant, la tombe d'un héros. »

Ils jettent l'ancre alors. L'hymne pieux commence.
Debout, un vieux guerrier méditait en silence.
Au sommet d'un rocher l'aigle a frappé ses yeux ;
Le vieux guerrier tressaille ; il lui parle, il l'appelle :
     — Es-tu l'ami fidèle
Qui de Napoléon a reçu les adieux ?

     — De la France avec lui j'abandonnai les rives ;
L'honneur suivit du moins nos traces fugitives.
— Moi, je suis exilé. J'emporte aussi l'honneur ;
Mais sur le sol natal j'ai laissé l'espérance !
     — Quoi ! proscrit par la France !
La France maintenant proscrit donc la valeur ?

Je guidais autrefois ses enfans intrépides :
Comme un torrent fougueux roulant ses flots rapides,
Terribles, ils couraient affronter le trépas.

Quand ils me demandaient, au jour de la victoire,
Le chemin de la gloire,
Mon vol, du haut des airs, le traçait à leurs pas.

J'humiliai, dix ans, les plus fières couronnes ;
En passant, j'élevais, je renversais les trônes.
Mon arrêt pour les rois fut l'arrêt du Destin !
Que de fois ils m'ont vu, ces maîtres de la terre,
De ma sanglante serre
Déchirer, sur leur front, le bandeau souverain !

Importun souvenir d'une grandeur passée !
La fortune inconstante à la fin s'est lassée ;
A ses longues faveurs succèdent les revers !
Un homme était debout !.... il combat, il succombe,
Se relève, retombe,
Et sa chute deux fois ébranla l'univers !

— Peut-être qu'en mourant une riante image,
De la vie au cercueil abrégeant le passage,
Vint alléger ses maux, consoler ses douleurs !
Prononça-t-il souvent, d'une voix attendrie,
   Le nom de ma patrie ?
Dans ses yeux expirans as-tu surpris des pleurs ?

— Il était calme et fier ! Son active pensée,
De ses liens mortels libre, débarrassée,
En son rapide essor embrassait l'avenir.
Prête à voler vers Dieu, son âme frémissante
   S'arrêtait, menaçante ;
Car la terre toujours voulait la retenir.

Cependant la pâleur qui couvre son visage,
D'une lente agonie atteste le ravage.
Qu'il est faible celui qui fut jadis si fort !

Il s'agite un moment sur la funèbre couche,

Soupire, et de sa bouche

Ces mots entrecoupés tombent avec effort :

« Où donc es-tu, mon aigle, à cette heure suprême ?

« Me voici dépouillé du sacré diadème !

« O mon vieux compagnon, hâte-toi d'accourir!....

J'étais là, près de lui. Je déployai mes ailes,

Et, protégé par elles,

Le conquérant du monde acheva de mourir....

Il se tait! Nulle voix ne trouble son silence.

On entend seulement, vers l'horizon immense,

Les navires lointains voguer légèrement,

Et le vent matinal qui frémit sur la rive,

Et la vague plaintive

Qui semble murmurer un long gémissement.

Le Poète athée.

6

Le Poète athée.

Salut, banquet funèbre où la mort me convie !
Le poëte a chanté pour la dernière fois ;
C'est mon hymne d'adieu que j'adresse à la vie :
Mon luth en sons plaintifs va gémir sous mes doigts !

Adieu donc, songe vain, qu'on appelle existence,
Passagère lueur qui nous viens éclairer ;
Adieu, toi qui finis où le néant commence.
Quels biens possèdes-tu que je daigne pleurer ?

Tu m'offres en espoir les célestes demeures !

Mais d'espoir, ici bas, tu me berçais toujours,

Quand tu me promettais d'entremêler mes heures

Et du calme des nuits et des plaisirs des jours.

Et mes nuits cependant étaient des nuits d'orages,

Et mes jours s'écoulaient au sein de la douleur,

Et jamais le soleil ne perçait les nuages

Qui voilaient à mes yeux l'horizon du bonheur.

J'ai touché quelquefois la harpe des prophètes ;

Elle n'exhalait point de sons mélodieux.

Mes doigts erraient en vain sur ses cordes muettes,

Et rien d'inspirateur ne m'arrivait des cieux.

Non ; ce corps imparfait qu'attend la sépulture

D'un souffle créateur ne fut pas animé ;

Un Dieu n'est pas son maître ! A toi seule, ô nature,

Appartient le limon dont tes mains l'ont formé.

Ce dieu me sauverait! Il fermerait l'abîme,
Cet abîme fatal entr'ouvert devant moi!
Il cacherait aux yeux de la jeune victime
Ce noir linceuil de mort qui me glace d'effroi.

Pourquoi m'ôter le jour? Pourquoi briser ma lyre?
Suis-je donc un vieillard glacé par les hivers?
Oh! n'entendez-vous pas, au moment où j'expire,
Mon siècle tout entier me demander des vers?

Tais-toi, siècle importun! tu n'auras que ma cendre!....
Mes pieds sont déjà froids!.... mon regard s'est voilé!....
La tombe me réclame, et je vais y descendre!....
Nulle voix, en partant, ne m'aura consolé!

Voyez-vous, sous les cils de ma faible paupière,
Une clarté mourante errer en languissant?
C'est ainsi que, le soir, un reste de lumière
S'échappe, doux encor, du soleil pâlissant.

Mais dans mon sein troublé quel orage s'élève !

A l'aspect du néant je l'ai senti frémir.

La mort est le sommeil !.... Si ce n'était qu'un rêve,

Et si l'on s'éveillait pour ne plus s'endormir !

Et Dieu !.... s'il existait !.... Si sa vaste puissance

Des mondes inconnus peuplait l'immensité !....

Et s'il faisait tomber le poids de sa vengeance

Sur un enfant ingrat contre lui révolté !

Il existe, ce Dieu !.... Son essence éternelle

Du temps qui détruit tout ne subit point la loi ;

La nature vieillit, meurt et se renouvelle,

Sans voir vieillir, mourir, renouveler son roi.

Oh ! daigne m'accorder le pardon que j'implore :

Mon cœur t'a méconnu, ma voix t'a blasphémé.

De ton souffle puissant viens rallumer encore

Le flambeau de mes jours qui s'éteint consumé !

Et vous, qui du malade environnez la couche,
Vous qui l'entretenez d'espoir et de bonheur,
Prêtres de l'Éternel, approchez de ma bouche
Ce crucifix sacré, teint d'un sang rédempteur.

O patrie adorée, et pour jamais perdue!
Toi dont j'ai conservé le touchant souvenir,
C'est ton enfant chéri, c'est moi qui te salue
De mon dernier regard, de mon dernier soupir.

Coteaux, vallons, forêts, délicieux bocages,
Vous, qui de mon trépas semblez vous attrister;
Beau lac, paré de fleurs, de verdure et d'ombrages,
Salut, salut à vous avant de vous quitter.

Beau lac où j'égarais ma tristesse rêveuse,
Par tes flots caressans je m'endormais bercé;
Et quand me réveillait ton onde harmonieuse,
Je reprenais soudain mon sommeil commencé.

Le saule étend sur moi son feuillage qui tremble ;
Le soleil pâlissant penche vers son déclin :
Hélas ! avec le soir nous nous couchons ensemble ;
Lui seul avec le jour se levera demain.

Les deux Tombeaux.

Les deux Tombeaux.

Deux rois sont morts ! Au même trône
On les vit s'asseoir tour à tour ;
Le puissant de la veille et le puissant du jour
Maintenant dorment sans couronne.
Le tombeau protecteur devait les rapprocher.
L'un expira, monarque, au palais de ses pères,
Et l'autre, vieux soldat, monarque aussi naguères,
Expira seul sur un rocher !

Un rocher! un palais! Étonnant assemblage
    Et de misère et de splendeur!
Un conquérant tombé du haut de sa grandeur,
Un maître impérieux qui subit l'esclavage.
    Sublime et douloureuse image!
Qu'elle a de majesté la leçon du malheur!

    L'airain lugubre et monotone
    Au loin retentit dans les airs.
Du pieux Saint-Denis les caveaux sont ouverts.
Qui passe en ce cercueil que la foule environne?
Pourquoi ces blancs drapeaux d'un crêpe recouverts?
    Pourquoi ces armes renversées
    Et ces soldats silencieux
    Marchant en colonnes pressées?

C'est Louis de Bourbon qui rejoint ses aïeux!....

Quelle splendeur l'entoure!.... O pompes solennelles!

Vous qui jusqu'à la tombe accompagnez les rois,
Quand du bronze tonnant la formidable voix
Salue avec orgueil leurs dépouilles mortelles,
Vous cachez leur néant pour la dernière fois!

Saint-Denis l'a reçu sous ses voûtes antiques,
Ce noble rejeton d'un arbre reverdi,
D'un arbre qui, battu des tourmentes publiques,
Par l'orage courbé, dans l'orage a grandi.

. . . .
. . . .
. . . .
. . . . !

Mais, là bas, au milieu des ondes,
Au bruit de la foudre et des vents
Qui soulèvent ces mers profondes,
Voyez-vous un proscrit, rejeté des deux mondes,

Debout comme un colosse ébranlé par le temps.

Ce proscrit, que l'Europe entière

Salua du nom d'Empereur,

Succombe!.... Entendez-vous ce long cri de terreur

Que pousse la Victoire, avec lui prisonnière?

Vers l'asyle auguste et sacré

Qui doit hériter de sa cendre,

D'un cortège pompeux marche-t-il entouré?

La tombe est prête! il va descendre.

Se reposera-t-il dans un linceuil doré?

Vous qui l'avez suivi sur le champ des batailles,

Guerriers fameux par tant d'exploits,

Accourez, accourez; le proscrit, par ma voix,

Vous invite à ses funérailles.

Levez-vous, Austerlitz, Arcole, Marengo!

Levez-vous, ombres magnanimes!

Levez-vous, sanglantes victimes
De l'héroïque Waterloo !
Et toi qui lançais le tonnerre,
Toi qui réduisis en poussière
Et le lion belgique et les fiers léopards ;
Toi qui, d'une aile tutélaire,
Couvris nos sacrés étendards,
Aigle renouvelé de l'aigle des Césars,
Écoute le chant funéraire
Qui commence de toutes parts !

Écoute la belle Italie !

« Gloire, gloire au grand homme ! Il a brisé mes fers !
« Sa voix a repeuplé mes monumens déserts.
« J'avais jeté mon deuil, et Rome enorgueillie
« Replaçait, en espoir, sur sa tête avilie,
    « La couronne de l'univers. »

Écoute l'Égypte féconde,
L'Égypte, ce premier berceau
Des arts, législateurs du monde :

« Gloire, gloire au grand homme, et paix à son tombeau !
« La trace de ses pas rapides
« Jamais de notre sol ne pourra s'effacer ;
« Et vingt siècles surpris l'ont regardé passer
« Du sommet de nos pyramides (15). »

De la sombre fille du Nord
Écoute aussi l'hymne sauvage !

« Gloire, gloire au grand homme, et respect à sa mort !
« Débris d'un immense naufrage,
« Que le cercueil lui soit un port !
« Qu'il se repose après l'orage !....

— Et la France?.... — Aigle audacieux!....

La France l'admirait et le plaignit peut-être.

Ne m'interroge plus. Va retrouver ton maître....

    L'aigle s'envola vers les cieux.

FIN.

NOTES.

NOTES.

DE LA LITTÉRATURE

EN FRANCE.

(1) Plus je réfléchis à la situation dans laquelle se trouve notre littérature, et plus je reste convaincu qu'elle doit s'améliorer encore. Je suis loin de contester le mérite des auteurs de nos jours déjà connus ; mais peut-être est-ce au fond des portefeuilles ignorés de nos jeunes poètes que sont renfermées nos richesses littéraires. Dix ans de

paix et d'études ont porté leur fruit. Le
siècle se mûrit en silence. On cherche
maintenant un point fixe au milieu de nos
systèmes incertains. La tragédie, par exem-
ple, est bien loin d'avoir atteint le degré de
perfection qu'elle est susceptible d'acquérir
parmi nous. Elle hésite encore entre Schiller
et Racine; et ce qui lui manque surtout,
c'est un caractère qui lui soit particulier,
une physionomie enfin. Un jeune poète,
que je m'honore à double titre d'appeler
mon ami, que j'admire comme auteur et
que je chéris comme compatriote, M. Vil-
lenave fils, m'a commmuniqué une tragédie en cinq actes, intitulée *Walstein*. Je
ne crois pas, que de nos jours; on ait porté
plus loin l'énergie de l'expression et de la
pensée. Je ne crois pas qu'on puisse esquisser

les traits d'un héros avec plus de noblesse et de vérité! Cet ouvrage, que réclame notre théâtre et qu'applaudiront sans doute les véritables amis de l'art tragique en France, doit être lu incessamment à l'un de nos comités. Mes lecteurs me sauront gré de leur citer, dans mes notes, le beau monologue où Walstein délibère s'il usurpera l'empire, ou s'il restera fidèle à Ferdinand.

WALSTEIN.

Mon destin s'accomplit et ma gloire s'achève.
Je monte sur le trône, et ce n'est plus un rêve....
Près du trône pourtant je suis épouvanté :
Le songe était plus doux que la réalité.
La pensée exécute une action lointaine,
Et semble reculer quand elle est trop prochaine.
J'hésite.... En ce moment, mon esprit éperdu
Sur le sceptre des rois tient mon bras suspendu ·

Dans mon âme s'élève une voix dure, austère,

Qui dit : Frémis, Walstein ! frémis ! que vas-tu faire ?

Ce qui fut mon désir ne devient qu'un regret ;

Ce que j'ai cru vertu ne semble que forfait....

L'heure a fui : c'en est fait, et mon sort se décide.

Est-ce à moi d'arrêter ma fortune rapide ?

Usurper un pouvoir légitime, sacré,

Sur les siècles assis, des peuples révéré,

Cimenté de ma main !.... Pèse mieux ton injure :

Vois la nécessité t'imposer le parjure....

Quoi ! la nécessité m'imposerait sa loi !

Même ma volonté ne serait plus à moi !

Quelle invisible main, en m'ouvrant la carrière,

Me lance dans l'arène et ferme la barrière ?

Non, non, je peux encore, au gré de mon désir,

Aujourd'hui renoncer au sceptre ou le saisir....

J'aimais à voir le trône, au travers d'un nuage,

Comme un point fugitif enflammer mon courage ;

Mais l'ardeur d'y monter égara ma raison :

Je le dédaigne, acquis par une trahison.

Entre ce trône et moi quel terrible adversaire !
Le remords , dieu vengeur des crimes de la terre !
Le remords....! Ce mot seul a fait pâlir Walstein ,
Et Ferdinand encor sera mon souverain.

Certes, voilà de beaux vers ! et ce ne sont pas les seuls que renferme la tragédie de Walstein. A la représentation de l'ouvrage , mes éloges seront justifiés.

A ce morceau plein de verve et de chaleur , j'en joindrai un autre qu'a bien voulu me communiquer un de nos jeunes poètes. Citer beaucoup, quand on cite du bon, n'est pas abuser de la patience de ses lecteurs. C'est, au contraire , leur procurer un plaisir dont ils me seront sans doute reconnaissans. L'élégie suivante est due à la muse facile et harmonieuse de M. Bétourné , qui

7

déjà, dans un recueil imprimé, a jeté les
fondemens d'une réputation que le temps
consolidera, et que des études nouvelles ne
pourront manquer d'accroître. Elle est intitulée Witikind.

L'Elbe, précipité du séjour des orages,
Roule, majestueux, sous d'antiques ombrages ;
Mais à peine ses flots, par un bruit solennel,
Troublent de la forêt le silence éternel.
   C'est là que, détaché des gloires de ce monde,
Witikind a choisi sa retraite profonde.
Plus de brillans palais, de pourpre, de faisceaux !
Seulement, à l'abri de verdoyans coteaux,
S'élève aux bords du fleuve une chaumière obscure,
Qui doit à la vertu sa royale parure.
Sur le seuil où la rose est unie au laurier,
Une armure étincèle aux flammes du foyer ;
Et la croix qui jadis du sang d'un Dieu fut teinte,
En ces lieux apportée, en protège l'enceinte.

Au pied de l'humble croix qu'elle arrose de pleurs,

Pour obtenir un terme à ses longues douleurs,

Une reine, inclinant son front dans la poussière,

Adresse à l'Éternel sa fervente prière :

« A mon cœur éperdu rendez, rendez la paix,

« Dieu clément, Dieu sauveur, ne permettez jamais

« Que mes sens éperdus, prêts à vous faire injure,

« Élèvent contre vous un injuste murmure!

« Mais le faible roseau qui croît au bord des mers,

« Gémit, battu des vents, et boit les flots amers :

« Au souffle du malheur, comme lui réservée,

« Je m'incline et gémis, de larmes abreuvée.

« Que la couronne échappe à mon front abattu :

« Les diamans et l'or dont il fut revêtu,

« Tous ces vains ornemens d'une gloire infidèle

« Ne coûtent point de pleurs à ma douleur mortelle.

« C'est au grand Witikind, banni de ses états,

« Qu'il faut donner des pleurs qui ne tarissent pas.

« Pour ses dieux chancelans il combat, il succombe,

« Se relève indompté, lutte encor, puis retombe;

« Et soudain apparaît, triomphant à nos yeux,

« De la foi des chrétiens le signe glorieux.

« Était-ce à la lueur des cités embrasées,

« Dans nos plaines en deuil et de sang arrosées,

« Qu'un vainqueur, se frayant de criminels chemins,

« Devait planter la croix du sauveur des humains ?

« La voilà !!! Que ces feux, lancés dans les ténèbres,

« L'inondent tristement de leurs clartés funèbres !

« Et cependant mon cœur, rempli d'un saint effroi,

« Reçut avec amour votre adorable loi !

« Dieu juste, pardonnez ! c'est peut-être un blasphème ;

« Mais j'ai besoin d'aimer, je sens que je vous aime.

Près d'elle, Witikind, calme et silencieux,

Répond à sa douleur en lui montrant les cieux.

En vain le souvenir d'une grandeur passée

Sur des temps plus heureux éveille sa pensée,

Ou l'abandonne en proie à ses malheurs présens,

Jamais son front sévère et blanchi par les ans

Ne porte des soucis la plus légère empreinte,

Et sa bouche jamais ne profère une plainte.

Si tout-à-coup la marche et les cris des guerriers,

Si le bruit des clairons, le choc des boucliers,

Du héros consolé troublaient la solitude,

Irait-il aux combats, dont il fit son étude,

Redemander, joyeux, la palme du vainqueur?

C'est un secret caché dans le fond de son cœur.

Mais tranquille, mais fier, son regard semble dire :

Le monde peut garder ses faux biens qu'il admire.

Eh! quels vœux, après tout, former dans ces climats,

Où la liberté sainte accompagne ses pas;

Où le calme, si doux après de longs orages,

Le retient dans le port, à l'abri des naufrages!

On entendait par fois de sublimes concerts

Révéler sa présence au fond de ces déserts.

A sa voix, accourus du sommet des montagnes,

Et du sein des cités et des vastes campagnes,

Les peuples l'entouraient, groupes silencieux.

Lui, les regards fixés sur la voûte des cieux,

Il embrassait des temps la sagesse éternelle,

Pour l'enseigner au monde, interprète fidèle.

« Femmes, enfans, vieillards, écoutez, disait-il :

« Dès que l'homme est jeté sur la terre d'exil,

« L'infortune le suit, et marque sa carrière

« Avant qu'il ait au jour entr'ouvert sa paupière ;

« Et la vie est pour lui comme un champ de douleurs

« Où la ronce dévore et les fruits et les fleurs.

« Mais au faible du moins Dieu promet un refuge,

« Un père à l'orphelin, à l'oppresseur un juge.

« Vous, enfans du malheur, vous qu'il appelle à lui,

« Ne vous refusez pas un paternel appui.

« A l'heureuse industrie, en miracles féconde,

« Demandez les trésors de la terre et de l'onde ;

« Mais laissez aux tyrans et le faste et l'orgueil :

« La gloire de la vie est un songe au cercueil. »

Puis sa voix éclatait comme un bruyant tonnerre,

S'il fallait annoncer aux maîtres de la terre

L'éternelle justice et l'éternelle mort.

« Vous qui n'avez de lois que la loi du plus fort,

« Tremblez : sur le néant votre empire se fonde ;

« La tombe vous attend, et console le monde. »

Sans trésors ni guerriers, loin du trône abattu,
Déjà faible vieillard, mais fort de sa vertu,
Tel était Witikind.... Et sa voix généreuse
Aimait à consoler la vertu malheureuse,
Annonçait l'avenir, et, du pied de la croix,
Sous la pourpre avilie épouvantait les rois.

Certes, voilà encore de beaux vers? Les derniers surtout étincèlent de feu et de poésie : rien n'y manque.

ÉPITRE D'UN LIBÉRAL

A S. M. CHARLES X.

(2) Si l'on examine d'un œil attentif la situation de la France à l'époque où le torrent du Nord se déborda sur elle, on verra

facilement que nous n'avons point posé les
armes par crainte de combattre. Les vic-
toires de la Champagne le prouvent mieux
que tous les raisonnemens ; et si l'on se rappelle que le plan de campagne conçu par
Bonaparte était peut-être le meilleur et le
plus sûr qui fût sorti de cette tête militaire,
on se convaincra sans peine que ce n'est
pas la force qui a comprimé les résistances.
En effet, qu'on se représente un moment
la patrie luttant contre l'étranger pour
l'affranchissement de son territoire et la
conservation de ses droits ; qu'on se fasse
enfin la question suivante : « Si la coali-
tion, en mettant le pied sur notre sol, n'a-
vait eu pour but que de nous vaincre ;
si elle avait déclaré qu'elle nous réclamait
comme conquête, et qu'elle nous traiterait

en conquérante, comme la France elle-
même l'avait traitée si souvent, aurions-
nous cédé le champ de bataille à ses légions ? » Un cri général s'élèvera pour ré-
pondre : Non, nous n'aurions pas cédé ce
champ de bataille où nous avions triomphé
tant de fois ! Non, nous n'aurions pas souf-
fert que les Kalmouks et les Tartares vins-
sent planter leurs drapeaux sur les rives de
la Seine ! Pressés entre l'esclavage et la
mort, nous aurions préféré la mort, à dé-
faut de la victoire. L'énergie n'était pas
encore tellement éteinte dans les âmes,
qu'un dernier et sublime effort ne pût être
tenté avec succès. La France était lassée,
mais non domptée ; et ce qu'elle avait fait
en 93 par enthousiasme, elle l'aurait fait
en 1814 par orgueil national et par intérêt.

Quelle est donc la cause véritable de notre apparente soumission ?

La voici.

La Sainte-Alliance, trop sage pour essayer de nous plier à son joug, pensa avec raison qu'elle devait appeler au secours de son triomphe ces rois que des circonstances fatales avaient exilés du trône de leurs aïeux; elle pensa qu'un nom français agirait puissamment sur la France, et réveillerait en elle des souvenirs dont quelques-uns sont glorieux. Elle ne se trompa point. Fatigués d'une lutte qui durait depuis un quart de siècle, rassasiés de gloire, mais avides de liberté, nous saluâmes le retour des Bourbons d'acclamations sincères. Le sol était délivré; nous restions Français; une charte assurait nos droits; alors nous consentîmes

à la paix que ne nous auraient jamais imposée les baïonnettes étrangères.

De nouveaux événemens ont changé
notre position. Le bien que nous espérions
n'est pas toujours venu. Je suis loin d'en
accuser la volonté royale. La volonté royale,
dans un gouvernement représentatif, ne
peut être que généreuse ; mais j'en accuserai ces hommes que rien n'a éclairés, pas
même le malheur ; ces hommes qui se sont
jetés sur la France comme sur une proie à
dévorer ; j'en accuserai ces ministres inha-
biles ou oppresseurs, nobles ou plébéïens,
qui se sont succédés d'année en année, de
mois en mois, de jour en jour. Chacun
d'eux, en s'échappant du palais ministé-
riel, a détaché une pierre de l'édifice fon-
damental ; chacun d'eux a déchiré pièce à

pièce l'œuvre de la sagesse d'un monarque.
Et maintenant quelles déprédations n'exer-
cent-ils pas sur notre liberté ? Que nous en
restera-t-il bientôt, si une auguste parole
ne descend du trône pour nous rassurer ?
Des débris qu'ils se disputeront encore ! des
cendres qu'ils jetteront au vent ! Ah ! qu'ils
nous montrent le mandat qu'ils ont reçu
de leur souverain ! Il est violé à toutes les
pages ! Qu'il leur soit donc retiré, si l'on
veut en garder quelque chose !

(3) De tous les moyens mis en usage par
un ministère corrompu pour enchaîner l'indépendance des écrivains, et pour étouffer
ce qui leur reste de pensées généreuses, aucun ne me paraît exercer une influence
plus funeste que ces récompenses partagées

chaque jour entre le talent que l'on achète
et l'audacieuse médiocrité.

Quand donc les hommes de lettres sen-
tiront-ils que leur dignité est blessée par ces
faveurs intéressées ? Eh quoi ! le prix décerné à la franchise courageuse sera le même
que celui décerné à la basse adulation ! On
m'accusera sans doute de vouloir dépouiller
le pouvoir d'une honorable prérogative , de
placer entre lui et les arts une insurmon-
table barrière ; de m'opposer enfin à la réconciliation générale. On aura tort, car
personne autant que moi ne jouirait du
spectacle d'une littérature compacte marchant vers un même but, adoptant la même
bannière , et concourant, de toutes ses
forces , à l'amélioration morale de la société ; mais, je le demande, le projet n'en

est-il pas chimérique avec un ministère comme le nôtre, qui n'aperçoit dans les récompenses qu'il accorde qu'un moyen efficace d'imposer silence aux inspirations ou de les détourner de leur source pour s'en emparer? Et qu'en fait-il ensuite? Que de beaux talens ont naufragé sur les écueils de son Pactole! Que de génies vigoureux, que la muse de la patrie réclamait à tant de titres, se sont laissé envelopper dans son réseau d'or. Semblables à ces oiseaux captifs dont le chant a perdu sa mélodie en passant au travers des barreaux, ils s'étonnent de ne plus trouver sur leur lyre ces accords mâles et hardis que leur inspirait la liberté.

(4) J'entends déjà les journalistes du mi-

nistère m'accuser d'exagération. Je désire
que le reproche soit fondé, et que la vieille
noblesse ne rêve plus ses anciennes erreurs !
Je ne crois pas, d'ailleurs, en supposant
qu'elle pût former encore de semblables
vœux, que la France consentît à les exau-
cer. Qu'elle se contente de la part que nous
lui avons faite dans le grand héritage national ! Nous ne l'avons pas traitée en mau-
vais frères.

(5) Les malheurs qui accablent l'Espagne
sont une terrible leçon pour les peuples. Ils
prouvent que l'absence des lois amène toujours le désordre et l'anarchie. Jamais peut-
être une aussi grande question politique n'a
été soulevée. Les uns accusent la révolution
de 1820 , les autres la monarchie. Lesquels

ont raison? Quelle que soit la décision de
l'histoire, une vérité forte apparaît au milieu des contradictions de parti. La révolution n'a pas coûté à l'Espagne autant de sang
que le pouvoir absolu. La révolution n'a
immolé que quelques victimes : qui comp-
terait celles que le pouvoir absolu a frap-
pées? La révolution avait une armée, faible,
il est vrai, mais enfin elle en avait une : où
est l'armée du pouvoir absolu? La révolution avait trouvé des capitaux en Europe :
quel est le banquier qui veuille traiter avec
le pouvoir absolu? Le pouvoir absolu n'a
rien et n'aura jamais rien. Ne serait-il pas
temps de mettre un terme à cette longue
agonie? Ne serait-il pas de la dignité de la
France de faire entendre à Ferdinand des
paroles de sagesse et de liberté? Le modéra-

teur d'Andujar l'a vainement essayé. Pourquoi ne l'essayerait-on pas encore? Le mal
est à son plus haut période. Des populations
entières abandonnent ce sol inhospitalier
où la pensée même est un crime, du moment qu'on l'a surprise. Bessières et l'Em-
pécinado sont tombés tous les deux, l'un
sous la balle des royalistes, et l'autre.... ce
sont aussi des mains royalistes qui l'ont
mutilé avant l'exécution fatale, ce sont
aussi des mains royalistes qui l'ont suspendu au honteux poteau.

LE POÈTE

PARTANT POUR LA GRÈCE.

(6) Il serait à désirer qu'on fît une histoire complète de la Bretagne : elle manque à notre littérature et à la France. Les matériaux en sont épars ; il ne faut que les rassembler. Peut-être un jour, lorsque mon esprit aura acquis plus de maturité, essayerai-je d'élever ce monument au beau pays qui m'a vu naître et qui, je l'espère, me verra mourir. Je retracerai ses vieux souvenirs de gloire, je ranimerai la poussière de ses héros ; j'évoquerai du sein de leur tombe les Duguesclin et les Clisson ! Quelle vaste scène ! que de grands personnages ! et quelle mine inépuisable de sublimes tableaux !

De tous les habitans de la France, les Bretons sont sans doute les moins connus et ceux qui méritent le mieux de l'être. Leurs usages singuliers, leurs superstitions héréditaires, leurs mœurs, mélange de civilisation et de barbarie, leur caractère âpre, remuant et belliqueux les recommandent à l'attention du philosophe. Il est nécessaire de bien les étudier pour les comprendre; je crois même qu'il est indispensable d'avoir habité parmi eux.

Ce qui les distingue particulièrement, c'est un amour ardent de l'indépendance. C'est un sentiment naturel et fort qui les pousse vers une vie libre des entraves humaines. Leurs forêts, leurs lacs, leurs bruyères, voilà leurs premières richesses, leurs trésors les plus chers! Un climat moins rude les amollirait. Transplantés sur les belles rives du midi de la France, ils y perdraient cette énergie sauvage qu'ils doivent à leur ciel orageux. Habitués, dans toute l'étendue d'une longue côte, à entendre les roulemens de la foudre, le bruit des vagues, à contempler les naufrages des navires que le vent jette sur leurs écueils, ils ne sont point accessibles aux émotions douces; de riantes images ne frappent point leur imagination qu'émeuvent seuls de sombres tableaux. La guerre, la chasse, les luttes, font leurs occupations de chaque jour et leurs plaisirs de tous les instans. La culture de leurs champs occupe leur laborieuse activité. Le luxe de la civilisation moderne leur est totalement inconnu. La frugalité est une vertu innée chez eux ; et l'on peut dire avec raison, qu'à la manière des anciens Spartiates, ils préfèrent le brouet noir aux mets les plus recherchés.

Au reste, qu'on ne s'imagine pas que j'entende parler ici des populations des villes. Toutes, à quelques exceptions près, ont fondu leurs mœurs primitives dans les mœurs générales de la France. C'est au sein des campagnes, c'est au milieu de nos plaines à peine défrichées, c'est sous nos huttes couvertes de chaume qu'on retrouve encore les traces ineffacées de la vieille Bretagne. Là, rien n'a été perdu des traditions antiques ; c'est la même fidélité aux coutumes, la même franchise, la même ignorance, la même physionomie enfin. Depuis une si grande succession de siècles, le costume n'a subi que de légères altérations, et les habitudes n'ont pas changé.

C'est un peuple presque neuf; et, je l'avouerai, je craindrais peut-être la civilisation pour lui. Elle lui ôterait sa rudesse, elle le polirait; mais ce qu'elle lui donnerait en échange vaudrait-il ce qu'elle lui aurait ravi? Au reste, je suis certain qu'il luttera de tous ses efforts contre elle. Est-ce un mal? est-ce un bien? C'est une question que le temps seul résoudra.

LE POÈTE MOURANT.

(7) Cette pièce de vers est la première que j'aie publiée. Elle a été insérée dans

l'*Album*, journal périodique que le ministère a supprimé au moment de son plus
grand succès, et dont j'ai été long-temps
rédacteur. Je n'ai pas besoin de rappeler
ici les tortures qu'on a fait subir à mon
jeune et malheureux ami Magalon, qui
avait consacré sa modique fortune à la
fondation de ce journal, et qui l'a vue s'é-
crouler avec lui. Tout le monde a versé
des larmes sur le sort de cette intéressante
victime de l'arbitraire. Le souvenir de
l'*Album* est encore vivant. Ses rédacteurs,
du moins, n'ont jamais forfait à leur con-
science, ni littéraire, ni politique. Ils ont
attaqué les puissans du jour avec toutes les
armes. Ce sont eux qui ont commencé la
guerre contre les jésuites; la plume de
Dumesnil poursuivait sans relâche ces assas-

sins des rois. Il les saisissait corps à corps,
et les terrassait. C'était et c'est encore, j'en
suis sûr, leur ennemi le plus acharné.

ODE AUX ESPAGNOLS.

(8) On ne me reprochera sans doute pas
d'exagérer. Il fut un temps où une bulle
émanée de Rome suffisait pour détrôner un
roi.

LE PÊCHEUR.

(9) Quel est le poète qui, en se prome-
nant sur un beau lac, n'a pas senti s'éveiller

dans son âme une foule de doux sentimens.
C'est principalement le soir, quand une
brise légère court le long du rivage, qu'on
aime à livrer ses rêveries aux flots, à côtoyer
des bords parés de fleurs et de verdure ! Le
murmure mélancolique de l'onde qui passe,
couronnée d'une blanche écume, auprès de
votre nacelle ; le bruit égal des deux avi-
rons, dont le tranchant fait scintiller la
vague de lueurs vives et mobiles; le soleil
qui se couche à l'horizon, et, vers un point
opposé, la lune qui se lève au milieu des
nuages; quelques étoiles qui se montrent
déjà, pâles encore et presque honteuses
d'être les premières au rendez-vous de la
nuit ; le silence de la nature qui s'endort,
les émanations pures et rafraîchissantes de
l'air, tout nous dispose à je ne sais quelle

8

volupté intérieure qui se répand de veine
en veine, d'organe en organe. C'est une es-
pèce de sommeil de nos facultés; mais on
croirait toujours qu'on vous berce ; on s'as-
soupit insensiblement. C'est alors que viennent les songes, rians ou tristes, doux ou
amers! Et si l'on a aimé, c'est alors qu'une
image idéale paraît à vos yeux, se penche à
votre oreille pour vous murmurer quelques
tendres paroles, et voltige autour de vous
comme un souvenir de la veille! Qui révélera jamais ces entretiens mystérieux? Qui
recueillera un seul de ces mots touchans
qu'on se dit dans la pensée, et qu'on essaye-
rait en vain de traduire en la langue des hommes! C'est un secret dont l'âme est déposi-
taire, mais qu'elle ne veut pas dévoiler.

LES NÈGRES ET LE NÉGRIER.

(10) Lorsque l'Académie mit ce sujet au concours, je voulus me placer sur les rangs. Je commençai même mon poëme; mais je m'y étais pris trop tard, et le temps me manqua. Il me semble que j'aurais peint de hideuses couleurs cet horrible trafic que des gouvernemens encore n'ont pas honte de tolérer. J'ai conservé mon plan tel que je l'avais conçu d'abord, mais je l'ai réduit à de moindres proportions. Les développemens qu'il comportait étaient trop étendus pour ma composition nouvelle, telle que je désirais l'exécuter. La forme dramatique que j'ai employée me commandait la rapidité et la concision.

(11) Les nègres ont des chants d'une harmonie délicieuse. Le même refrain se ré-
pète souvent. Le soir, quand ils rentrent
en troupe à la case, on les entend d'une
distance fort éloignée. Leur musique est
simple et mélancolique, et les paroles aux-
quelles ils l'adaptent expriment presque toujours la tristesse.

L'INCENDIE.

(12) Cette scène d'un grand drame historique m'a paru devoir inspirer de l'intérêt.
J'ai essayé de montrer, dans ces vers, jusqu'où peut aller l'amour de l'indépendance
nationale. J'ai voulu peindre l'incendie de

Moscou. J'emprunte à l'ouvrage de M. de
Ségur le morceau suivant, qui complétera
mon tableau.

« Deux officiers s'étaient établis dans un
des bâtimens du Kremlin. De là leur vue
pouvait embrasser le nord et l'ouest de la
ville. Vers minuit une clarté extraordinaire
les éveille. Ils regardent, et voient des
flammes remplir des palais, dont elles
illuminent d'abord et font bientôt crouler
l'élégante et noble architecture..........
....

« A cette vue un grand soupçon s'empare
de leur esprit. Les Moscovites, connaissant
notre téméraire et négligente insouciance,
auraient-ils conçu l'espoir de brûler, avec
Moscou, nos soldats ivres de vin, de fatigue
et de sommeil; ou plutôt auraient-ils osé

croire qu'ils envelopperaient Napoléon dans cette catastrophe; que la perte de cet homme valait bien celle de leur capitale; que c'était un assez grand résultat pour y sacrifier Moscou tout entier; que peut-être le Ciel, pour leur accorder une aussi grande victoire, voulait un aussi grand sacrifice; et qu'enfin il fallait à cet immense colosse un aussi immense bûcher.

« On ne sait s'ils eurent cette pensée; mais il fallait l'étoile de l'Empereur pour qu'elle ne se réalisât pas. En effet, le Kremlin renfermait, à notre insu, un magasin à poudre; mais cette nuit-là même, les gardes endormies et placées négligemment avaient laissé tout un parc d'artillerie entrer et s'établir sous les fenêtres de Napoléon.

« C'était l'instant où les flammes furieuses

étaient dardées avec plus de violence sur le Kremlin; car le vent, sans doute attiré par cette grande combustion, augmentait à chaque instant d'impétuosité. L'élite de l'armée et l'Empereur étaient perdus, si une seule des flammèches qui volaient sur nos têtes s'était posée sur un seul caisson. C'est ainsi que, pendant plusieurs heures, de chacune des étincelles qui traversaient les airs dépendit le sort de l'armée entière. .

. . . .

« Tous avaient vu des hommes d'une figure atroce, couverts de lambeaux, et des femmes furieuses errer dans ces flammes, et compléter une épouvantable image de l'enfer. Ces misérables, enivrés de vin et du succès de leur crime, ne daignaient plus se cacher. Ils parcouraient triompha-

lement ces rues embrasées; on les surpre-
nait, armés de torches, s'acharnant à pro-
pager l'incendie : il fallait leur faire abattre
les mains à coups de sabre, pour leur faire
lâcher prise. On disait que ces bandits
avaient été déchaînés par les chefs russes
pour brûler Moscou, et qu'en effet une si
grande, une si extrême résolution n'avait
pu être prise que par le patriotisme et exé-
cutée que par le crime.

« Pendant que nos soldats luttaient encore avec l'incendie, et que l'armée dispu-
tait au feu cette proie, Napoléon, dont on
n'avait pas osé troubler le sommeil pendant
la nuit, s'était éveillé à la double clarté
du jour et des flammes. Dans son premier
mouvement, il s'irrita, et voulut comman-
der à cet élément; mais bientôt il fléchit

devant l'impossibilité. Surpris., quand il a
frappé au cœur d'un empire, d'y trouver
un autre sentiment que celui de la soumission et de la terreur, il se sent vaincu et
surpassé en détermination.

« Cette conquête pour laquelle il a tout
sacrifié, c'est comme un fantôme qu'il a
poursuivi, qu'il a cru saisir, et qu'il voit
s'évanouir dans les airs en tourbillons de
fumée et de flammes. Alors une extrême
agitation s'empare de lui; on le croirait
dévoré des feux qui l'environnent. A chaque
instant il se lève, marche et se rassied brus-
quement. Il parcourt ses appartemens d'un
pas rapide; ses gestes courts et véhémens
décèlent un trouble cruel : il quitte, re-
prend et quitte encore un travail pressé,
pour se précipiter à ses fenêtres et contem-

pler les progrès de l'incendie. De brusques
et brèves exclamations s'échappent de sa
poitrine oppressée : « Quel effroyable spec-
« tacle ! Ce sont eux-mêmes ! Tant de pa-
« lais ! Quelle résolution extraordinaire !
« Quels hommes ! Ce sont des Scythes ! »

« En cet instant le bruit se répand que
le Kremlin est miné : des Russes l'ont dit,
des écrits l'attestent. Quelques domestiques
en perdent la tête d'effroi ; les militaires
attendent impassiblement ce que l'ordre de
l'Empereur et leur destin décideront ; et
l'Empereur ne répond à cette alarme que
par un sourire d'incrédulité.

« Mais il marche encore convulsivement,
il s'arrête à chaque croisée, et regarde le
terrible élément, victorieux, dévorer sa
brillante conquête.

« Napoléon, maître enfin du palais des czars, s'opiniâtrait à ne pas céder cette conquête, même à l'incendie, quand tout à coup un cri, « Le feu est au Kremlin ! » passe de bouche en bouche, et nous arrache à la stupeur contemplative qui nous avait saisis. L'Empereur sort pour juger le danger. Deux fois le feu venait d'être mis et éteint dans le bâtiment dans lequel il se trouvait ; mais la tour de l'arsenal brûle encore. Un soldat de police vient d'y être trouvé. On l'amène, et Napoléon le fait interroger devant lui. C'est ce Russe qui est l'incendiaire : il a exécuté sa consigne, au signal donné par son chef. Tout est donc voué à la destruction, même le Kremlin antique et sacré. »

LE DÉPART.

(13) L'état florissant des affaires de la Grèce, l'héroïque dévouement de ses défenseurs, l'énergie toujours croissante d'une nation qui se renouvelle, l'enthousiasme qu'inspire une cause glorieuse, font espérer que cette noble patrie de héros trouvera dans son indépendance l'oubli de trois siècles si honteux. L'étendard de la croix, teint de sang, est déployé aux regards de l'Europe, et l'Europe chrétienne, dans sa paisible neutralité, attend, pour soutenir sa querelle, que son succès soit décidé ; mais elle n'aura point d'armée pour elle, si sa révolte sainte est étouffée.

Pourquoi les puissances chrétiennes, qui

ont demandé à l'Europe tant de millions
d'hommes pour arborer la croix dans So-
lyme, craignent-elles de la voir flotter sur
Byzance? Si ardentes pour arracher le tombeau du Christ aux insultes des Barbares,
elles laissent aujourd'hui outrager ses autels. Croix ou turban, que leur importe?
Que leur Dieu soit le même : ils n'encensent
point la même idole. Le cri de liberté qu'a
poussé la Grèce ne pouvait que blesser
leurs oreilles. Aux yeux des hommes que le
pouvoir élève, tout homme que l'oppression fatigue est un séditieux. Tout oppresseur dont la force a fondé la puissance est
un maître légitime.

LE RETOUR.

(14) Au moment où les navires jettent l'ancre, on met les canots à la mer. Le plus léger est ordinairement suspendu à la poupe par un double lien qui le remonte et le descend, au gré des matelots.

––––

LES DEUX TOMBEAUX.

(15) Ces vers rappèlent les mots si connus que Napoléon adressa à son armée devant les Pyramides.

FIN DES NOTES.

TABLE DES MATIÈRES.

———

FIN DE LA TABLE DES MATIÈRES.

EXTRAIT

DU

CATALOGUE

DE A. IMBERT,

LIBRAIRE, QUAI DES AUGUSTINS, N°. 35.

———◆———

LE PETIT NEVEU DE BERQUIN, théâtre
d'éducation pour le second âge, par M.
Émile VANDER-BURCH ; 2 vol. in-12, ornés de vignettes dessinées par M. Chasse-
lat, et ayant cette épigraphe tirée de
Fénélon : « La jeunesse est la fleur de
toute une nation ; c'est dans la fleur qu'il

faut préparer le fruit. » Prix : 7 fr. 5o c.
papier ordinaire, et 15 fr. papier vélin,
et fig. papier de Chine.

LE PETIT BERQUIN EN MINIATURE,
théâtre d'éducation pour le premier âge,
par MM. A. I**** et J.-B. FLÉCHÉ. 1 vol.
in-18, orné de 4 jolies vignettes. Prix :
2 fr. , papier fin, et 1 fr. 5o c. , papier
ordinaire.

L'ÉTUDE DU COEUR, ou les Leçons pa-
ternelles, par M. Ét. MILON. Ouvrage
dédié à la jeunesse. 1 vol. in-12, orné de
4 jolies gravures dessinées par Choquet ;
deuxième édition, revue et corrigée.
Prix : 3 fr. 5o c.

PETITE ENCYCLOPÉDIE PORTATIVE,
ou Théorie complète et raisonnée de
toutes les connaissances indispensables
aux jeunes gens des deux sexes , divisée en
trente leçons ; par M. J.-B. FLÉCHÉ. 1 vol.
in-12, orné d'une jolie gravure et d'u**

couverture gravée en taille-douce. Prix :
2 fr.

LES VICISSITUDES, ou Eugène et Auré-
lie, ouvrage dédié à la jeunesse, avec un
grand nombre de notes pour son instruction ; par M. J.-B. Fléché. 2 vol. in-12,
avec figures et couverture imprimée.
Prix : 6 fr.

VOYAGE AUTOUR DU PONT-NEUF,
et Promenade sur le quai aux Fleurs ; par
Rossignol-Passepartout. 1 vol. in-18,
orné d'une jolie gravure en taille-douce,
formant deux parties, dont l'une représente une scène du Pont-Neuf, et l'autre
une du quai aux Fleurs. Prix : 2 fr.

VIE DE CAMBACÉRÈS, ex-archichance-
lier ; par M. A. Aubriet. 1 fort vol. in-18,
orné de son portrait, deuxième édition,
revue et corrigée. Prix : 2 fr. 50 c.

VIE POLITIQUE ET MILITAIRE D'EU-
GÈNE BEAUHARNAIS, vice-roi d'Ita-

lie ; par M. A. Aubriet. 1 vol. in-18, orné d'un beau portrait, deuxième édition, revue et corrigée. Prix : 2 fr. 5o c.

LA FILLE DE L'ÉMIGRÉ, épisode de 1815, par Madame Jenny Legrand. Deuxième édition, revue et augmentée de la Rosière ou Claire et Félix. 3 vol. in-12, imprimés sur beau papier. Prix : 9 fr.

L'INDÉCISION, ou Lucy Mulgrave ; par Madame Jenny Legrand. 3 vol. in-12. Prix : 7 fr. 5o c.

AZÉMA, ou l'Infanticide, roman historique, tiré des causes célèbres de l'Angleterre, et traduit de l'anglais par M. A. I****. 2 vol. in-12, ornés de 2 gravures en taille-douce. Prix : 6 fr.

L'ENFANT DES TOURS NOTRE-DAME, ou Ma Vie de Garçon ; par MM. A. I**** et J.-B. Fléché. 3 vol. in-12, ornés de 3 jolies figures en taille-douce et d'une couverture imprimée. Prix : 9 fr.

CHANSONS NOUVELLES, par M. Eugène de Pradel, improvisateur français. 1 vol. in-18, orné du portrait de l'auteur. Prix : 5 fr. Cet ouvrage est imprimé avec le plus grand soin.

AMI (L') DES ENFANS, par Berquin; jolie édition. 12 vol. in-18, ornés de 12 fig. Paris, 1819. Prix : 15 fr.

AMI (L') DES JEUNES FEMMES, ou les Devoirs du Mariage et de la Maternité. 1 vol. in-12, fig. Prix : 1 fr. 50 c.

ABRÉGÉ DES VOYAGES MODERNES, pour servir de suite à l'Abrégé de l'Histoire générale des Voyages; par Caillot. 2 vol. in-12, ornés de 8 figures. Paris, 1821. Prix : 6 fr.

ART (L') DE BRILLER EN SOCIÉTÉ, ou le Coryphée des salons, par Audin. 1 vol. in-18, avec fig. Prix : 2 fr. 25 c.

AVENTURES DE TÉLÉMAQUE. 1 vol.
in-12. Prix : 2 fr. 50 c.

BEAUX EXEMPLES d'Humanité, de Clé-
mence, de Générosité, de Grandeur
d'âme, d'Amour pour le peuple et pour
la patrie, donnés par des souverains de
tous les siècles et de tous les pays. 1 vol.
in-12, orné de 4 vignettes et du portrait
de Henri IV. Prix : 2 fr. 50 c.

BEAUTÉS DE L'HISTOIRE DE PARIS,
ou Précis de ce qu'il y a de plus curieux
dans cette capitale. 1 vol. in-12, avec
gravures. Paris, 1820. Prix : 3 fr. 50 c.

BEAUX TRAITS (LES) DU JEUNE AGE,
suivis de l'Histoire d'Angéla et du Pan-
théon des Enfans célèbres; par A.-F.-J.
FRÉVILLE. Troisième édition. 1 vol. in-12,
orné de 4 jolies gravures. Paris, 1822.
Prix : 3 fr.

BEAUTÉS DE L'HISTOIRE, ou Tableau
des Vertus et des Vices. Quatrième édi-

tion. 1 vol. in–12, orné de 4 fig. Paris,
1817. Prix : 3 fr.

BEAUTÉS DE L'HISTOIRE SAINTE, ou
Choix des traits les plus remarquables, et
des passages les plus éloquens contenus
dans l'Ancien et le Nouveau Testament ;
par Propiac. Deuxième édition. 1 vol.
in-12, orné de 16 jolies fig. Paris, 1823.
Prix : 3 fr.

BÉLISAIRE, par Marmontel. 1 vol. in-18,
figures. Paris, 1819. Prix : 1 fr. 50 c.

BIBLIOTHÉQUE BLEUE, ou Recueil de
jolis Contes et Histoires amusantes. 3 vol.
in-12. Prix : 7 fr. 50 c.

CABINET (LE) DU JEUNE NATURA-
LISTE, ou Tableaux intéressans de
l'Histoire des Animaux, offrant la des-
cription de la nature, des mœurs et habitudes des quadrupèdes, oiseaux, pois-
sons, amphibies, reptiles, etc., les plus
remarquables du monde connu ; traduit

de l'anglais de Smith. Troisième édition. 6 vol. in-12, ornés de 65 belles gravures. Paris, 1821. Prix : 24 fr.

CARACTÈRES (LES) DE LA BRUYÈRE, suivis des Caractères de Théophraste. Très-belle édition. 2 vol. in-12. Paris, 1822. Prix : 6 fr.

COIN (LE) DU FEU DE LA BONNE MAMAN. Quatrième édition. 2 vol. in-18, ornés de 12 figures. Paris, 1821. Prix : 3 fr.

CONTES DES FÉES, par PERRAULT. 1 vol. in-18, avec 11 figures. Prix : 1 fr. 25 c.

CONTES MORAUX pour l'instruction de la jeunesse, par Madame LE PRINCE DE BEAUMONT. 3 vol. in-12. Prix : 6 fr.